JEUNESSE

Nez
pour l'aventure

Nez
pour l'aventure

RICHARD SCRIMGER

Texte français de
Marie-Andrée Clermont

QUÉBEC AMÉRIQUE Jeunesse

Catalogage avant publication de Bibliothèque et Archives Canada

Scrimger, Richard

[A Nose for Adventure. Français]

Nez pour l'aventure

(Gulliver ; 142)

Traduction de : A nose for adventure.

Suite de : Le Nez de Jupiter.

ISBN 2-7644-0388-7

I. Clermont, Marie-Andrée.   II. Titre.   III. Titre : Nose for adventure.

Français.   IV. Collection : Gulliver ; 142.

PS8587.C745N6714 2005   jC843'.54   C2004-942042-9

PS9587.C745N6714 2005

  Conseil des Arts   Canada Council
           du Canada   for the Arts

Nous reconnaissons l'aide financière du gouvernement du Canada par l'entremise du Programme d'aide au développement de l'industrie de l'édition (PADIÉ) pour nos activités d'édition.

Gouvernement du Québec – Programme de crédit d'impôt pour l'édition de livres – Gestion SODEC.

Les Éditions Québec Amérique bénéficient du programme de subvention globale du Conseil des Arts du Canada. Elles tiennent également à remercier la SODEC pour son appui financier.

Titre original : *A Nose for Adventure*, Richard Scrimger © 2000, publié chez Livres Tundra, Toronto, Canada.

Québec Amérique

329, rue de la Commune Ouest, 3e étage

Montréal (Québec) H2Y 2E1

Téléphone : (514) 499-3000, télécopieur : (514) 499-3010

Dépôt légal : 1er trimestre 2005

Bibliothèque nationale du Québec

Bibliothèque nationale du Canada

Révision linguistique : Danièle Marcoux et Liliane Michaud

Mise en pages : André Vallée

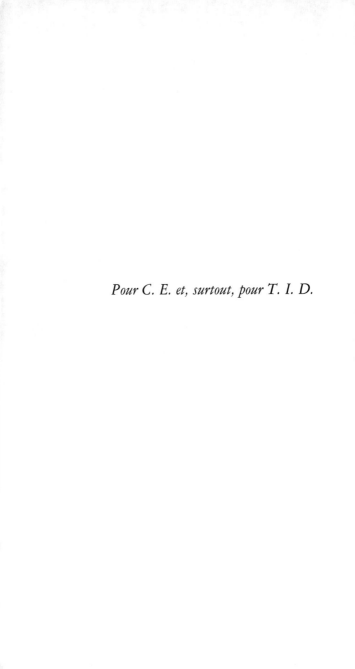

Pour C. E. et, surtout, pour T. I. D.

Remerciements

Un grand nombre de personnes ont contribué à l'élaboration de ce roman. Permettez-moi de profiter de l'occasion pour remercier Kathy Lowinger, qui m'a forcé la main pour que j'écrive un meilleur dénouement ; Sue Tate, qui a négocié, tout en douceur et en délicatesse, les problèmes de clarté et d'enchaînement ; et Marthe Jocelyn, pour ses encouragements et sa connaissance de la ville de New York, qui m'ont été d'un précieux secours.

Bien sûr, je ne peux passer sous silence mon comité de soutien habituel : Dean et les autres membres de l'agence, Bridget et les autres membres de la famille.

Enfin, je voudrais exprimer ma reconnaissance à tous les lecteurs du *Nez de Jupiter*. En un sens, c'est à vous que je dois les remerciements les plus importants, car, sans votre intérêt, cette suite n'aurait pas vu le jour.

Chapitre 1

Mon estomac
me fausse compagnie

L'avion bascule brusquement, projetant mon estomac hors de ma poitrine, sensation dont j'ai horreur. Jetant un coup d'œil par le hublot, je m'attends presque à le voir courir derrière – oui, mon estomac – pour me rattraper. Il y a des nuages là tout près, des traînées grisâtres, et puis le firmament – rien d'autre à des kilomètres à la ronde. Je pense à la possibilité d'un écrasement. J'imagine mon estomac errant et solitaire, flottant dans l'air, gavé du jus d'orange et des céréales de mon petit déjeuner. Ces pensées n'ont rien de réconfortant. Je grogne.

— Arrête ça ! dit la fille à côté de moi.

C'est la première fois que je prends l'avion seul. Tout seul. Ma mère se balade en forêt avec un groupe de jeunes en difficulté, dans le cadre de son travail. Mon père est à l'aéroport et il attend que mon avion atterrisse.

J'espère que nous allons atterrir. Et j'espère que mon père m'attend. Je cherche dans ma poche de pantalon la pièce de vingt-cinq cents américains que ma mère y a glissée. Elle a boutonné ma poche elle-même. J'ai treize ans ; je déteste quand elle fait des trucs du genre.

— C'est ta pièce de secours, a-t-elle dit, le front furieusement plissé. Si ton père n'est pas là à ta descente de l'avion, téléphone-lui et crie-lui des bêtises de ma part. D'accord ?

Mes doigts repèrent la pièce, ainsi que le bout de papier sur lequel est écrit le numéro de téléphone de mon père au travail. Je commence à me sentir mieux. Je prends une grande inspiration et j'essaie de me détendre. Et voilà que l'avion pique vers le bas. Je suis dans la rangée dix-sept – mon estomac doit se trouver quelque part autour de la rangée vingt-quatre. Je pousse un autre grognement.

— Non mais, vas-tu te la fermer, gamin! glapit de nouveau la fille à mes côtés.

Elle s'appelle Frieda Miller. Elle a quatorze ans – un an de plus que moi –, et pas mal plus d'expérience. Je lui ai dit mon nom, Alan, mais elle s'est contentée de rire. Et elle m'appelle *gamin*.

— On dirait que tu vas être malade. Je me trompe? demande-t-elle.

Sa main, sur l'appuie-bras entre nos deux sièges, montre des jointures meurtries et des doigts épais et robustes.

Je ne réponds pas. Elle revient à la charge :

— Vas-tu être malade? Tu as le visage d'un drôle de vert jaunâtre. Tu ferais mieux de tenir le sac à vomi pas trop loin. Garde la tête baissée. Ne te tourne pas vers moi. Je ne veux pas te voir dégobiller sur mon nouvel ensemble. Il est original et griffé.

Me tourner vers elle voudrait dire l'avoir dans mon champ de vision. Non merci!

— Vert jaunâtre, comme les rayures de ta chemise idiote, glousse-t-elle. En plus, tu es en sueur. Y a pas à dire, tu as l'air rigolo.

Elle mâche de la gomme à la menthe. Je reconnais la senteur. Comment peut-elle rester si calme quand l'avion plonge à gauche et à droite comme une hirondelle à la chasse aux moustiques ? Mon estomac revient lentement vers ma rangée, mais voici que l'avion effectue un virage serré, et nous voilà de nouveau séparés. Le sol – plus exactement les gratte-ciel de New York – apparaît dans le hublot.

— Veux-tu bien me dire où tu as déniché cette chemise ? demande Frieda. Elle est trop grande. C'est à ton père ? Et c'est quoi l'idée du beigne qui est dessiné dessus ?

Je ne réponds pas.

Pauvre papa, il sera sans doute malheureux si l'avion s'écrase. Je suis son fils unique, après tout, même si lui et maman ont divorcé et qu'on se voit seulement l'été. La station de radio locale, là où j'habite, va sûrement en faire grand cas : *Parmi les victimes présumées de l'écrasement de l'appareil qui se rendait à New York se trouvait Alan Dingwall, un jeune résidant de Cobourg.*

J'ai les oreilles tellement tendues qu'elles pourraient exploser. Et voilà, elles explosent ! Ouille !

Véronica passe dans l'allée. C'est l'agente de bord qui s'occupe de Frieda et de moi, compte tenu de notre statut d'enfants voyageant seuls. Elle affiche toujours un grand sourire, même quand ce dont elle parle n'est pas jojo. Comme en ce moment.

— Nous filons droit vers le sol, annonce-t-elle avec son sourire heureux. On n'en a plus pour très longtemps.

On n'en a plus pour très longtemps. Je m'en doutais. Nous allons nous écraser ! Voilà pourquoi j'ai les oreilles qui bourdonnent. J'essaie de rester calme, mais sans succès. Me voici qui hurle :

— AAAAHHH ! Non ! NON ! Non ! Pourquoi ? Pourquoi moi ?

Les passagers de l'autre côté de l'allée me reluquent.

Frieda me tapote le bras avec un grand sourire méchant. Elle a les dents blanches.

— Elle veut dire qu'on est en train d'atterrir, idiot ! dit-elle.

— Quoi ?

Ai-je bien entendu ? Mes oreilles bourdonnent de plus belle. Mon cœur bat la chamade. Je demande à Véronica :

— L'avion n'est pas en train de s'écraser ? On ne va pas mourir ?

Véronica fait non de la tête en souriant.

— Tout ira bien, promet-elle. Voulez-vous de la gomme ?

Son sourire est comme un masque. On dirait qu'il ne fait pas partie de son visage. Est-ce qu'elle l'enlève le soir avant de se coucher ?

— D'accord, dis-je.

— J'ai la mienne, répond Frieda.

Véronica m'en donne un morceau, puis elle s'éloigne.

— Une autre partie de tir au poignet ? propose ma voisine.

— Pas question.

J'ai encore le bras douloureux des suites de la dernière.

— Allez, insiste-t-elle. Je vais utiliser l'autre bras, celui qui est plus faible. Et seulement deux doigts. Tu ne gagneras pas davantage, remarque, mais le match durera plus longtemps. Allez, dis oui !

Je secoue la tête.

C'est alors que le fauteuil roulant de Frieda bascule.

▲ ▼ ▲

Frieda n'y est pas assise au moment de la chute. Elle est dans un siège d'avion normal, comme moi. Mais elle se déplace habituellement en fauteuil roulant. Ses jambes ne fonctionnent pas très bien. Elles n'ont jamais bien fonctionné, et ce, depuis sa naissance. C'est ce qu'elle m'a raconté quand on s'est installés dans nos sièges au début du vol. En fait, elle me l'a expliqué en long et en large. J'étais trop terrorisé pour y porter grande attention, mais j'étais content d'entendre sa voix dans l'arrière-fond sonore, qui précisait que ses muscles et ses os ne jouaient pas bien leur rôle. Pour simplifier, disons que ses jambes sont en piteux état. On lui a fait une douzaine d'opérations pour les rafistoler, et elles sont encore en piteux état. Un de ses médecins est attaché à l'Hôpital pour les enfants malades de Toronto, et c'est pourquoi Frieda fait souvent la navette entre New York et Toronto. Une de ses tantes – sa tante

Mary Lee, si j'ai bien entendu – habite à Toronto et l'accueille quand elle y va pour passer des tests. En ce moment, elle retourne chez elle, à New York.

Frieda ne m'a pas expliqué pourquoi personne ne l'accompagne. Son père est un représentant de l'État de New York – je me demande ce que ça peut bien vouloir dire. Ça donne l'impression que c'est un poste important. Voilà peut-être pourquoi il n'est pas dans l'avion avec elle. Elle n'a pas du tout parlé de sa mère. Elle s'est surtout moquée de moi, de mes vêtements, de mes cheveux, de l'endroit où j'habite et de mon accent *provincial*. Ah oui, et elle m'a aussi battu à plates coutures au tir au poignet. Elle est forte, Frieda – ses avant-bras doivent être deux fois plus volumineux que les miens.

Ç'a été super amusant d'être assis à côté d'elle.

Nous sommes à l'avant de l'appareil, et il y a un mur devant nous. Pendant qu'on prenait nos sièges, Véronica a très soigneusement plié le fauteuil de Frieda et l'a attaché contre le mur. Mais avec toutes les acrobaties que nous faisions il y a un moment, les courroies qui retenaient le fauteuil en place ont dû se relâcher. Quoi qu'il en soit, le fauteuil est tombé sur le plancher de l'avion, juste devant moi.

Je me lève de mon siège près du hublot pour essayer de le redresser et de le remettre à sa place. Mais il est lourd et son poids est mal réparti. C'est alors que Véronica arrive par derrière et me saisit le bras. Elle a les doigts blancs. Elle serre fort. Ouille !

— Tu ne vois pas la consigne ? demande-t-elle. Il faut garder sa ceinture attachée en tout temps durant la descente.

— Désolé, dis-je.

— De toute façon, il n'est pas capable de soulever mon fauteuil, persifle Frieda.

— C'est moi la responsable des passagers et de leurs effets personnels, dit Véronica.

— D'accord, dis-je après un petit silence. Si vous le dites.

Son sourire a l'air sincère, mais elle est préoccupée. Je retourne à mon siège.

— Parfait, dit Véronica.

Mesdames et messieurs, ici le commandant.

L'avion pointe vers le bas. Je vois de l'eau par le hublot. Mes oreilles bourdonnent.

L'avion exécute une vrille. J'ai l'estomac aplati contre ma colonne vertébrale. Mes globes oculaires manquent de s'éjecter.

Nous atterrirons à l'aéroport La Guardia dans quelques minutes. Il est huit heures trente, et la matinée est douce, malgré quelques nuages dans le ciel de New York. Nous vous remercions d'avoir choisi Air Canada et espérons vous revoir bientôt.

L'eau se rapproche de plus en plus. Le bruit du moteur, déjà fort, s'intensifie encore. Je ferme les yeux et je pense à maman. Et à papa, qui attend à l'aéroport. Je pense à Miranda, ma… enfin, oui, ma blonde, en quelque sorte, qui a promis de m'écrire chaque jour. Et à Victor, mon meilleur ami, qui n'a fait aucune promesse. Et voilà qu'après une bonne secousse on se met à rouler. On a retrouvé le plancher des vaches et Frieda bâille. Mon pouls ralentit. Mes globes oculaires et mon estomac reprennent leur place.

Le trajet en avion est terminé. Je ne veux plus jamais reprendre l'avion. J'ai, hélas, un billet de retour.

▲ ▼ ▲

Nous sommes les derniers à descendre. Frieda est dans son fauteuil, maintenant, et elle le conduit elle-même. Les muscles de ses avant-bras se crispent sous l'effort. Le fauteuil est en cuir gris avec des supports tubulaires en chrome, et il est muni de poignées en plastique noir. Sur le côté, on peut lire TREKKER DE LUXE. Véronica reste tout près. Je tiens les portes ouvertes pour nous permettre d'entrer dans l'aéro-gare.

Nous croisons une foule de voyageurs en partance qui attendent leur vol, d'autres qui forment des files d'attente pour la radio-graphie des bagages à main. J'ai fait tout ça avec maman, là-bas à Toronto.

Manifestement, Frieda connaît le chemin. Après avoir dépassé les gens qui attendent leur tour pour franchir les détec-teurs de métal, elle fait pivoter son fauteuil et recule vers une porte marquée PRIVÉ. La porte s'ouvre et nous voilà dans un hall miteux où se cache un ascenseur. Celui-ci nous descend jusqu'à l'aire de récupération des bagages, une grande pièce située au sous-sol de l'aéroport, où des convoyeurs font tourner les valises en cercles serrés.

Frieda se faufile entre les passagers qui attendent leurs valises.

— Tassez-vous, dit-elle d'une voix blasée, comme si elle avait fait cela des millions de fois. Laissez-moi passer.

Je la suis de près. Mes vêtements sont dans mon sac de soccer, facile à repérer à cause du nom de l'équipe imprimé en grosses lettres blanches sur le côté. Je l'aperçois, je me penche pour l'attraper, mais j'ai mal calculé mon geste et le sac me glisse des mains. Frieda ricane et, quand il repasse devant nous, elle allonge le bras et le soulève sans difficulté.

— Il est de la même couleur que ta chemise, gouaille-t-elle. Qui sont les Commodores ?

— Mon équipe de soccer, dis-je.

— Le soccer ! Quel sport stupide ! jette-t-elle avec dédain. Qui voudrait d'un sac de soccer ?

Je suis inquiet. Je n'ai pas revu mon père depuis des mois, et je m'apprête à passer la prochaine semaine avec lui. Et j'en veux à Frieda.

— Les joueurs de soccer, lui dis-je doucement. Certainement pas les joueurs d'échecs !

Et là, je me sens mal. C'est évident qu'elle ne joue pas au soccer.

— Je m'excuse, dis-je en rougissant.

Avec ma tignasse rousse, on dirait que j'ai la tête en feu lorsque je rougis. Frieda se détourne.

Sa valise tarde à arriver. Le sourire permanent de Véronica commence à montrer des signes d'usure.

— Il ne reste que quinze minutes avant neuf heures, dit-elle.

Elle ne précise pas ce qui va arriver à neuf heures.

À l'autre bout de la pièce se trouve un corridor. Il y a un écriteau indiquant SORTIE.

— La voilà, dit Frieda en montrant une valise en cuir noir cousue de fil d'or.

D'un coup d'œil, je comprends qu'elle a coûté pas mal plus cher que mon sac de soccer.

Véronica se penche au-dessus du convoyeur et l'attrape. Je soulève mon sac. Le corridor menant à la sortie est tout sombre. Sortie vers quoi ? Mon père sera de l'autre côté, à m'attendre.

▲ ▼ ▲

— Oh ! Regarde comme il est mignon ! s'écrie Frieda. Un vrai trésor.

Je pense que c'est la première parole gentille que je lui entends dire. Elle désigne un chien policier, en laisse. À mes yeux, ce chien n'a rien d'un trésor. Il a l'air dur et dégourdi. Bien assis à sa place, il tourne la tête de tout bord tout côté, à l'affût de malfaiteurs. Le policier qui tient la laisse a l'air dur, lui aussi, mais pas dégourdi du tout. Il a la tête immobile, le regard vague. Son uniforme est différent de celui des policiers de mon patelin. On dirait un flic de la télé.

— Je n'ai pas la permission d'avoir un chien, dit Frieda. Mais j'en aurais tellement envie ! Salut, beau trésor ! dit-elle au chien.

L'animal lui jette un bref regard, puis se remet au boulot.

Une expression fugitive passe sur le visage de Frieda, un grand désir mélancolique. Je reconnais cette expression. Il m'est arrivé, déjà, de ressentir un tel désir.

Elle aimerait avoir un animal de compagnie. Un petit copain qu'elle caresserait, à qui elle se confierait et qui jouerait avec elle. Un être à aimer.

▲ ▼ ▲

Il y a un pupitre à côté du corridor de la sortie. Un grand bonhomme maigre se tient derrière, qui nous examine, sourcils froncés.

— Ça vous en a pris, du temps ! remarque-t-il. Mon quart de travail se termine à neuf heures, vous savez.

— Désolée, dit Véronica.

Le grand maigrichon porte une chemise blanche avec un écusson brodé sur la poche. Il a un bloc-notes à la main.

— Étiquettes à bagage, demande-t-il d'une voix éraillée.

Ouais, maman m'a expliqué tout ça dans les moindres détails. On ne peut pas récupérer nos bagages sans les étiquettes. Je vérifie que j'ai la mienne dans ma poche. Frieda a déjà sorti la sienne. Nous les présentons au bonhomme. C'est à peine s'il regarde mon étiquette. Mais il braque les yeux sur celle de Frieda, puis sur sa valise.

— Ça ne correspond pas, dit-il.

Il a le visage allongé, le nez long et mince, et la voix râpeuse comme une lime.

— Mais bien sûr que ça correspond, rétorque-t-elle.

Il lui montre l'étiquette qu'il a à la main. Elle n'est même pas de la bonne couleur.

— Ce n'est pas celle que je vous ai donnée, proteste-t-elle. C'est l'étiquette de quelqu'un d'autre. Vous l'avez sortie de votre poche.

— Je vais devoir te poser quelques questions, dit-il.

— Je vous dis que c'est l'étiquette de quelqu'un d'autre.

— Es-tu citoyenne américaine ?

Il a l'air officiel, avec son bloc-notes et tout et tout. S'il m'interrogeait, je répondrais. Mais pas Frieda. Elle fronce les sourcils.

— C'est une erreur ! affirme-t-elle. Du reste, nous avons passé la douane avant de quitter le Canada.

Il griffonne quelque chose sur son bloc-notes. Il a les doigts et les ongles aussi longs que le reste de son corps.

— Est-ce que tu rapportes quelque chose du Canada ? veut-il savoir.

— Mais ils m'ont déjà posé toutes ces…

— Tu ferais mieux de répondre, conseille Véronica. Suis la procédure. Ce genre d'erreur m'est déjà arrivé, à moi aussi.

Frieda pousse un soupir.

— Bon, d'accord. Ces boucles d'oreilles de l'Égypte ancienne, dit-elle. Ma tante me les a achetées à la boutique du musée, à Toronto.

— L'Égypte ancienne, tu dis ? répète le bonhomme.

Il a les yeux écarquillés. Moi aussi. Les boucles d'oreilles ressemblent à des oiseaux.

— Eh bien, ce ne sont pas des vraies, bien sûr, mais des imitations. Le faucon est le symbole d'Horus.

Nous avons étudié l'Égypte ancienne, à l'école.

— Horus le dieu ? dis-je, pour qu'elle comprenne que je sais de qui il s'agit.

— Mais non, Horus le dentiste, persifle-t-elle. Bien sûr, Horus le dieu. Tu en connais beaucoup des Horus ?

— Horus ! fait le maigrichon, dont le nez fluet s'agite en direction de Véronica. N'est-ce pas… ?

Il s'interrompt en hochant la tête.

Une grande femme à la peau bronzée s'avance vers nous d'un pas décidé, traînant une valise à roulettes. Elle porte des sandales en léopard et ses ongles d'orteils rouge foncé ressemblent à des griffes. Elle lance son étiquette à bagage sur le bureau et repart du même pas décidé.

— Ah, les bureaucrates ! bougonne-t-elle, comme si c'était un gros mot.

Je la suis des yeux tout le long du corridor de la sortie.

Mon père doit m'attendre à l'autre bout. Il va me demander des nouvelles de mon vol et je vais lui répondre que tout s'est bien passé. Je serai incapable de lui dire à quel point j'ai eu peur. Lui qui passe son temps dans les airs, il ne comprendrait pas. Va-t-il trouver ma chemise ridicule ? Et mon sac de soccer ? Sans doute pas. Il ne remarquera probablement pas ce que je porte.

Le maigrichon dépose son bloc-notes.

— Et maintenant, j'ai bien peur que nous devions fouiller ton fauteuil… enfin, tes bagages, dit-il à Frieda. Pourrais-tu aller dans la pièce bleue ?

Il désigne, à mi-chemin dans le corridor, une petite porte bleue portant l'écriteau : EMPLOYÉS SEULEMENT.

— Pas question que vous fouilliez mes bagages, refuse Frieda avec hauteur.

— Je travaille pour le gouvernement, dit le maigrichon de sa voix éraillée. J'ai toutes sortes de pouvoirs.

On croirait entendre Aquaman. Sauf qu'il n'a pas du tout le physique de l'emploi.

— Mon père est un représentant de l'État, rétorque Frieda. Jamais je ne me suis fait fouiller auparavant.

— Ne t'inquiète pas, intervient Véronica. Ça ne sera pas bien long. Je vais conduire Alan jusqu'à son père. Puis je reviendrai et je resterai avec toi.

— Je n'ai besoin de personne. Je me débrouillerai bien toute seule. Et aucun employé du gouvernement n'a d'affaire à fouiller mes bagages, fulmine Frieda.

Le convoyeur continue de tourner. Appuyé au mur, le policier se cure les dents avec le coin d'un carton d'allumettes. Je ne vois plus le chien.

Je saisis mon sac et me dirige vers la sortie. Véronica n'a pas grand-chose à me dire, et je n'ai rien à lui dire non plus. Le niveau de bruit s'amplifie. Je me sens comme un athlète qui traverse le tunnel entre le vestiaire et le stade. Je passe près de la porte bleue, j'atteins le bout du corridor et je m'arrête.

Ce n'est pas un stade. C'est trop encombré, trop étroit, trop bas. Mais oh là là que ça grouille! En cinq secondes, je vois une foule sans doute plus grande que la population entière de ma ville. Des milliers et des milliers de gens – qui se déplacent à la hâte, parlent à toute vitesse, s'embrassent, se donnent la main et se croisent les uns les autres comme les boules d'un jeu d'arcade au rythme effréné. Même les embrassades et les poignées de main se font en accéléré. Un passager pressé me fonce dedans en voulant me dépasser. Il se fond dans la foule mouvante comme un flocon de neige dans une rivière.

Debout à la sortie du corridor, je scrute les alentours avec un curieux pincement au creux de la poitrine. Ce n'est pas mon estomac, cette fois. Le cœur me tombe dans les talons. Je fouille les lieux avec encore plus d'attention.

Je vois des bébés et des bouts de chou qui marchent à peine, des enfants et des adolescents, des gars à l'air dur. Je vois des vedettes de cinéma, des religieuses et des cow-boys. Je vois des vacanciers et des gens d'affaires – des vieillards, des personnes tristes, pauvres ou riches. J'aperçois un visage familier : le maigrichon. Il me dépasse précipitamment et se perd dans la foule. Son quart de travail est terminé, je suppose, et il a fini de fouiller les bagages de Frieda. Je remarque qu'il a laissé la porte bleue ouverte derrière lui.

Mon cœur plonge encore plus creux dans mes talons. J'ai la mort dans l'âme. J'ai beau regarder de tous mes yeux, je ne vois pas mon père.

Il n'est pas là à m'attendre. C'est ce que maman appréhendait, ce qu'elle craignait depuis l'instant où il m'a proposé ce voyage. Je ravale mon angoisse comme une bouchée de carottes cuites. Je déteste les carottes cuites.

Chapitre 2

Mal du pays

Papa a été muté à New York il y a quelques mois, après avoir travaillé à Vancouver pendant un moment. Quand j'ai été malade, l'an dernier, il a traversé tout le pays en avion pour être avec moi. Maintenant, il a un nouvel emploi. Je n'arrive pas à me rappeler le nom de la ville où il habite, mais il prend le train de New York chaque matin. Il m'a téléphoné, le mois dernier, pour me raconter tout ça et m'inviter à lui rendre visite.

— Qu'est-ce que tu dirais de visiter la Grosse Pomme, hein, champion ? m'a-t-il demandé, la voix entrecoupée par la friture sur la ligne.

Il m'appelle champion quand il est enthousiaste.

— Tu prends l'avion et tu te pointes ici à la fin de l'année scolaire, a-t-il enchaîné. On loue une chambre d'hôtel pour une semaine. On se paie un match de base-ball, on commande des repas par le service aux chambres, on vadrouille à travers la ville, tous les deux, et on s'amuse comme des petits fous. Qu'en dis-tu, champion ?

Je lui ai dit que ça me paraissait formidable. Surtout le service aux chambres. Imaginez ! Soulever le téléphone, commander un repas de restaurant et le déguster en regardant la télé. Plus formidable que formidable ! J'avais tellement hâte !

Maman était loin de partager mon enthousiasme. Elle aurait voulu que papa fasse le vol avec moi. Quand je lui ai passé le combiné, elle et papa se sont engueulés. Je les entendais – le point de vue de maman, en tout cas. Et celui de papa n'était pas trop difficile à deviner.

— Tu es tellement irresponsable, lui a-t-elle dit.

Je ne sais trop ce qu'il a rétorqué, mais ce n'était certainement pas très gentil. Le visage de maman s'est crispé.

— Ah oui ? a-t-elle dit. Tu te rappelles la fois où je t'ai laissé seul avec lui deux heures à Muskoka ? Rien que deux heures…

Je n'aime pas écouter mes parents se chicaner, même si je n'entends qu'un seul point de vue. Surtout quand ils ressassent de vieux ressentiments. J'étais bébé quand on est allés à Muskoka.

J'imagine que papa a dû trouver une bonne excuse. Maman a eu un rictus méprisant.

— D'accord, a-t-elle dit, mais aurais-tu oublié la fois où tu as laissé les clés d'auto dans la voiture ?

Là-dessus, je suis monté à l'étage. Je ne voulais plus rien entendre.

▲ ▼ ▲

Je suis tiré de ma rêverie par un appel au secours. La porte de la pièce bleue est entrouverte. Frieda y est toujours, car je l'entends crier :

— Hé ! Hé ! Qu'est-ce que vous faites là ? Au secours !

J'entends un bruit, comme un claquement de mains, puis une voix plus grave qui intervient :

— Police ! Qu'est-ce qui se passe ici ?

Ne sachant trop que faire, je cherche Véronica des yeux. Elle file vers la porte et l'ouvre toute grande. Je la suis de près.

Les murs de la pièce sont peints du même bleu foncé que la porte. Il y a une table pour vérifier les bagages, une chaise et un bureau où on remplit les formulaires. L'éclairage est intense et implacable – un peu comme l'expression de Frieda en ce moment.

Elle fusille des yeux un type d'âge moyen à l'allure avachie. Il a les cheveux aussi roux que les miens, mais les sourcils foncés, ce qui paraît incongru. Un autre employé du gouvernement ? Il ne porte pas d'uniforme. Il a une joue couverte de taches de son. Sur l'autre, il porte une marque très nette qui a la forme d'une main. Celle de Frieda, je parie. Elle est assez forte pour donner une gifle qui fait vraiment mal.

Je passe devant Véronica pour bien voir. Le policier que nous avons aperçu en récupérant nos bagages se gratte la tête au milieu de la pièce. Son chien n'est pas avec lui.

— C'est quoi, le problème ? s'informe-t-il.

— Il voulait que je quitte mon fauteuil roulant, dit Frieda. Quand j'ai refusé, il a menacé de me sortir de force.

— Je ne faisais que mon travail, monsieur l'officier, gémit le type à l'allure avachie.

Une forte odeur de parfum emplit la pièce. Avachi porte de l'eau de Cologne.

— J'obéis aux ordres, savez-vous ? Ils m'ont dit de fouiller à fond.

— Vous êtes censé fouiller le fauteuil ? s'étonne le policier en plissant les sourcils.

— Je... eh bien...

Avachi a soudain l'air perplexe. Il lance un coup d'œil à Véronica, puis à moi.

— Je ne sais pas, dit-il enfin.

— Dommage que Lucky ne soit pas là, dit le policier. C'est la pause des chiens policiers en ce moment. Elle est entraînée à flairer la contrebande. C'est une chienne, explique-t-il, pour qu'on comprenne bien qu'il n'est pas en train de parler d'une collègue policière qui flairerait deçà delà. Avec Lucky dans les parages, personne n'aurait besoin de quitter son fauteuil. Mais bon, si on vous a dit de fouiller, vous n'avez pas le choix, hein? Désolée, mademoiselle, dit-il à Frieda, mais le règlement, c'est le règlement. S'ils disent qu'il faut examiner le fauteuil, c'est ce qu'on va faire. Je peux peut-être aider. Par où pourrait-on commencer, hein? Tiens, il y a des poches, ici. Et des bouchons de plastique sur les poignées. Le métal est-il creux? Vous croyez que le fauteuil se défait?

— Non, non, non! intervient le bonhomme avachi, affolé. Ça va aller, monsieur l'officier. J'ai… euh… j'ai changé d'idée. Je ne voudrais pas vous faire perdre votre temps. Qui sait ce qui arrivera si vous trouvez quelque chose. J'ai décidé qu'il n'y a pas de raison de fouiller le fauteuil. Désolé. Vous êtes libre de partir, mademoiselle Miller.

— Vous êtes bien sûr ? demande le policier. Vous ne voudriez pas avoir des problèmes avec votre patron. Là-bas, au poste de police, je passe mon temps à me mettre les pieds dans les plats avec ma patronne. Elle prétend que Lucky a plus de bon sens que moi. Ha ha ha !

— Ha ha, fait l'autre, dont le rire n'est pas très convaincant.

C'est alors que Frieda remarque ma présence.

— Qu'est-ce que tu fais ici ? demande-t-elle.

Et mon propre problème refait surface.

— Mon père n'est pas là. Il n'est pas venu me chercher. Il faut que je téléphone, dis-je en me tournant vers Véronica, il faut que j'appelle à son bureau pour savoir ce qui s'est passé…

Mais je m'interromps. Véronica a disparu.

Un saut vers la porte : Véronica brille par son absence. Je cours le long du corridor. Je ne la vois pas. Je ne vois pas mon père non plus. Frieda roule son fauteuil hors de la pièce bleue et me rejoint. Les deux hommes nous suivent, le policier portant sa valise. L'autre met une paire de lunettes de soleil et s'éloigne nonchalamment. Son eau de Cologne laisse un petit relent désagréable dans son sillage. Le policier fixe une annonce de pizza.

Il faut que j'appelle mon père. Il y a des téléphones publics sur le mur tout près. Je détache ma poche et en sors le bout de papier sur lequel est écrit son numéro de téléphone au travail, et ma pièce de vingt-cinq cents américains. Sur ces entrefaites, quelqu'un de super pressé me bouscule en passant et me fait trébucher. Accroupi par terre, je m'excuse, mais celui qui m'a bousculé a déjà disparu. Je me relève avec précaution pour constater que ma pièce de vingt-cinq cents a disparu, elle aussi. J'essaie de la repérer sur le plancher, mais je ne vois que des saletés et des pieds en mouvement.

Oh! Oh!

— Qu'est-ce que je vais faire? dis-je à haute voix. Il faut que je téléphone.

— Eh bien, fais-le, dit Frieda.

— Mais je n'ai pas d'argent, je viens de perdre ma seule pièce de vingt-cinq cents.

En soupirant, elle se détourne pour farfouiller dans le sac attaché à son fauteuil.

— Hein ? demande le policier en secouant la tête. Tu as parlé d'un téléphone, le jeune ?

— Il faut que j'appelle mon père, dis-je. Je veux lui parler.

Il m'écoute attentivement. Il examine mon visage, l'air soucieux.

— T'as besoin d'un téléphone ? Pas de problème, dit-il. Prends le mien.

— Oh, merci. Merci.

Il enfouit la main dans une poche, sourcille, puis en fouille une autre.

— Zut ! s'écrie-t-il. J'ai dû l'oublier chez moi. Désolé, le jeune. Tu vas devoir trouver un autre appareil.

— Voici le mien, dit Frieda.

De son sac, elle sort un véritable téléphone cellulaire, avec une antenne et des lumières qui clignotent. Un objet personnel parmi d'autres, un morceau de gomme à mâcher, un mouchoir de papier... Qu'est-ce qu'il peut bien y avoir d'autre dans ses affaires… un fusil à rayons, qui sait ?

Je déglutis, je bafouille des remerciements, et je compose le numéro écrit sur le bout de papier. Mais il ne se passe rien.

— Il faut que tu presses sur APPELER, dit-elle.

— Oui, oui !

Je le savais, mais j'avais oublié.

Le signal n'est pas très fort. Je dois appuyer l'appareil contre mon oreille. Mais je finis par l'entendre sonner... Dring... dring... dring... dring... Puis une voix enregistrée coupe la sonnerie et m'indique les heures d'ouverture du bureau.

— Trop tôt, dis-je, il n'y a personne.

Je redonne le téléphone à Frieda et remets le papier dans ma poche. Peut-être papa est-il simplement en retard pour venir me chercher. Il est souvent en retard. Tout pourrait donc encore s'arranger. Je scrute la foule de nouveau.

Papa n'est pas là.

Je voudrais crier : « Que quelqu'un s'occupe de moi ! » Mais je ne peux pas. Pas devant Frieda. Elle est peut-être fatigante et autoritaire, mais elle est manifestement en possession de tous ses moyens. C'est sa ville, ici. Elle a quelque part où aller. Il y a quelqu'un qui l'attend.

À moins que je ne me trompe ?

Elle épie la foule du regard. Personne n'accourt vers elle pour lui souhaiter *Bienvenue chez toi, ma chérie.* Personne ne l'attend à bras ouverts.

Une vieille dame sort du corridor derrière nous, presque aussitôt happée par un groupe rayonnant qui l'accueille avec des embrassades et des cris de joie. Frieda et moi devons nous écarter pour leur laisser la place.

— Qui donc vient te chercher ? dis-je à Frieda.

— Personne, on dirait. Ça devait être Béatrice.

— Ta mère ?

— Non, fait-elle sans s'expliquer davantage.

— Ah, bon. Et alors, où est-elle, Béatrice, selon toi ?

— Je n'en sais rien. À la maison, j'imagine.

— Et Véronica ?

— Je n'en sais rien. Ça n'a pas d'importance.

— Crois-tu que Béatrice va venir ? Crois-tu que Véronica va revenir ? Qu'est-ce que tu vas faire ?

En fait, ce que je veux savoir, c'est ce que je vais faire, *moi.*

Frieda hausse les épaules. Ça ne l'inquiète pas le moins du monde.

Un chariot dont les côtés sont des miroirs roule près de nous. On y vend des billets de loterie, je crois. J'aperçois notre reflet dans la glace. Quel contraste entre nous deux. Voilà Frieda, fille riche de la grande ville, dans son élégant ensemble muni d'une série de poches et de fermetures à glissières. Bras bronzés et musclés, coiffure impeccable, dernier cri. Elle pourrait faire un safari ou assister à une fête et elle serait dans le ton. Sur le côté du chariot qui se remet en mouvement, je la vois qui range le téléphone dans son sac et sort une paire de lunettes de soleil. Parfaite.

Et me voici, moi, flottant dans ma chemise de soccer avec un beigne sur le devant – le resto local commandite l'équipe –, vêtu de culottes courtes à poches cargo. Bras et jambes maigres et, là où ils ne sont pas couverts de taches de rousseur, aussi blancs que la crème solaire que ma mère m'oblige à porter tout l'été. On pourrait résumer en disant que j'ai l'air aussi sûr de moi, aussi autonome et aussi affirmé qu'un château de cartes dans l'œil d'un ouragan.

Je ne sais que faire. Je reste là à attendre que quelqu'un me prenne en charge.

Je pense à maman, en excursion avec les enfants dont elle s'occupe à son travail. Eux, ils ont quelqu'un qui les prend en charge. Je pense à papa. M'a-t-il vraiment oublié ? Il m'avait emmené voir un match de base-ball au parc de notre ville, l'année de mes trois ans, et il m'avait laissé tout seul pour aller s'acheter un hot-dog. Eh bien, j'avais passé deux manches complètes terré en dessous du banc ; à m'imaginer qu'il ne reviendrait jamais. Depuis ce jour, j'ai horreur des arachides en écale. Bigre ! Je me fais penser à ma mère, à rouvrir ainsi de vieilles blessures.

▲ ▼ ▲

— Voyez-vous, les jeunes, j'ai un travail à faire, moi, dit le policier. Je ne peux pas jouer les gardiens d'enfants toute la journée, comprenez-vous ça ?

Il me tend la valise de Frieda. Je la prends.

— Vous avez un endroit où aller ? nous demande-t-il.

Il pense qu'on est ensemble, Frieda et moi.

— Moi oui, répond Frieda.

— Moi pas, dis-je.

— Oh, fait le policier.

Frieda me regarde, puis détourne les yeux sans rien dire.

— Hum, fait le policier.

Frieda remonte ses lunettes sur ses cheveux, sort un petit miroir de son sac à main et se regarde. Ma mère fait ça, elle aussi.

— Je vais prendre un taxi, dit-elle.

— Eh bien, dit le policier en frottant sa moustache. Je suppose que c'est correct. Les portes qui mènent à la rue sont de ce... attendez que je m'oriente... Où sont-elles ? fait-il en plissant le front.

— Je connais le chemin, coupe Frieda.

— Alors, c'est parfait. C'est très bien.

Le policier se tourne vers moi. J'ouvre la bouche. Je ne sais pas trop ce que je vais dire, mais j'ai l'impression que je ne vais pas en être fier. En partant de Cobourg, plus tôt ce matin, j'affichais pourtant une telle assurance. « Bien sûr que ça va aller, ai-je affirmé à ma mère. J'ai treize ans. Je suis autonome. Je me débrouillerai bien. Ne t'inquiète donc pas. »

En ce moment, c'est moi qui m'inquiète.

Mais avant que les mots aient pu quitter ma bouche, Frieda déclare :

— Il peut venir avec moi.

— Hein ? dis-je.

— Super ! dit le policier, soulagé. C'est parfait. Et si vous avez des ennuis, les enfants, eh bien, n'hésitez pas à… hum…

Il s'interrompt. Ni Frieda ni moi ne disons quoi que ce soit.

— Enfin, vous savez où me trouver. Seulement, mon quart de travail se termine bientôt.

Là-dessus, il tourne les talons et disparaît dans le corridor.

▲ ▼ ▲

— Tu étais sérieuse quand tu as dit que je pouvais venir avec toi ?

— Mais oui.

— Tu es sûre ?

— Sûre, dit-elle par-dessus son épaule.
Car enfin, gamin, tu ne survivrais pas une
minute si tu étais laissé à toi-même. Viens
à la maison. Tu pourras attendre ton père
chez moi.

— Je te le répète une dernière fois, mon
nom, c'est Alan.

— D'accord, Alan. Enchantée de faire
ta connaissance. Me ferais-tu l'honneur de
venir… chez moi ? dit-elle en ridiculisant
mon accent canadien.

— Oui, merci, dis-je.

— Tu peux porter ma valise, dit-elle,
et elle s'engouffre dans la foule.

Un dernier tour d'observation des lieux,
histoire de voir si je n'apercevrais pas mon
père, et je m'engage à sa suite, peinant sous
le poids des bagages.

En fait, je ne peine pas tant que ça. J'ai
mon sac de soccer en bandoulière et je tiens
la valise de Frieda à la main. Elle n'a pas
donné trois tours de roues et je n'ai pas fait
vingt pas que nous nous retrouvons sur un
trottoir roulant. Le parfait véhicule pour
la grande ville ; on peut aller vite tout en

restant immobile. Je dépose les bagages et je me repose.

— Alors, c'est qui, au juste, Béatrice ? (Je sais bien que ce n'est pas de mes affaires, je veux seulement lui faire la conversation.) Une tante ou quoi ?

— C'est ma nounou.

— Oh !

C'est la première fois que je rencontre un enfant qui a une nounou. Je me souviens d'un personnage qui en avait une dans un roman que j'avais commencé à lire. Cet enfant-là était tellement poli, tellement gentil, que j'avais envie de le frapper. Vous savez ce qu'ils disent des fois sur la couverture des livres : *tellement captivant qu'on ne peut pas s'arrêter de lire !* Eh bien, ce livre-là, on pouvait tout à fait arrêter de le lire. Et c'est ce que j'ai fait.

— Veux-tu l'appeler, ta nounou ? dis-je.

— Non.

La voix qui transmet les renseignements dans les gares et les aéroports – cette voix de haut-parleur incompréhensible, même quand elle s'exprime dans notre propre langue – annonce l'arrivée d'un vol en provenance de… Home, je crois. *Home,* c'est ce que j'entends. À moins que ce ne soit *Nome*. Nome est en Alaska, pas vrai ? En tout cas. Home, c'est *chez nous* en anglais. Que ce soit Nome ou Home, je m'en sens très loin. J'ai le mal du pays.

On arrive au bout d'une section du trottoir roulant. Il y en a deux autres, qui vont dans deux directions différentes. Près de l'un d'eux se trouve un écriteau indiquant INTERDIT AU PUBLIC – FIGURANTS POUR LE TOURNAGE, PAR ICI. Un homme aux cheveux hirsutes se tient devant l'écriteau. Il a les yeux fermés. Il est coiffé d'un casque d'écoute et il tient une planchette à pince. Il boit du café dans un verre de styromousse, en sapant bruyamment.

— Hé ! Ils sont en train de tourner un film, dis-je à Frieda.

— Ouais, et alors ?

— Ici même, à l'aéroport. Formidable !

— Formidable ? Vous dites ça, chez toi ? Formidable ?

— Je me demande qui joue dans ce film ?

— Et moi, je m'en fiche.

Tous les autres ont l'air de s'en ficher, également. Les habitants de la ville de New York sont habitués aux tournages, j'imagine. Pas moi. Ils ont tourné un télé-film à Cobourg, il y a quelques années, et on en parle encore. Ma mère et ses copines ont passé toute une fin de semaine à déambuler devant les lieux du tournage dans l'espoir d'apercevoir une vedette qui avait déjà fait des commerciaux de sous-vêtements.

— Attention, gamin !

Frieda étend le bras et me pousse – fort. Sans lâcher les deux sacs, je me tasse tant bien que mal pour laisser passer un chariot motorisé rempli de bagages. Les collants sur les valises indiquent *LEONARDO DA VINCI AEROGARDE, ROMA, ITALIA*. C'est sans doute ce que le haut-parleur annonçait tantôt. Rome. Rien à voir avec Nome ou Home. Mais en anglais, les trois mots riment.

— Merci, dis-je à Frieda, qui ne répond pas.

Je m'engage à sa suite dans une nouvelle section du trottoir roulant, qui mène vers la SORTIE – TAXIS ET AUTOBUS, selon le panneau indicateur. Le trottoir nous y transporte rapidement.

Frieda fixe quelque chose à gauche, devant nous.

— Hé, Alan, dit-elle en chuchotant. Regarde là-bas, derrière la colonne. Qui est-ce que tu vois ?

Je bouge la tête vers le point qu'elle indique et je regarde attentivement.

— Personne, dis-je.

— J'ai cru reconnaître le type aux cheveux teints en roux, tu sais bien, celui qui porte trop d'eau de Cologne et que j'ai giflé.

— Oh !

Je regarde derrière moi (car comme nous bougeons, la colonne en question est déjà derrière).

— Je ne le vois pas, dis-je.

— Il était pas mal bizarre, tu ne trouves pas ? Et l'autre bonhomme, le maigrichon qui travaille pour le gouvernement – il se comportait drôlement, lui aussi.

— Tu crois vraiment qu'il se teint les cheveux ?

Elle me regarde, le front plissé.

— Avec ses sourcils bruns, c'est évident.

— Il n'est pas si vieux. Je pensais que seuls les vieux se teignaient les cheveux.

— Ce que je vais te dire peut paraître idiot, Alan, mais j'ai l'impression qu'il me court après. Qu'il s'intéresse à moi. Et l'autre aussi, le maigrichon.

— Il s'intéressait à tes boucles d'oreilles d'Horus le dentiste, dis-je.

Elle ne sourit pas.

— Il y a beaucoup d'enlèvements d'enfants ces temps-ci, dit-elle. Ils nous en ont parlé à l'école. Ils nous ont expliqué comment les éviter.

Quelle idée renversante ! Dans quelle sorte d'école étudie-t-elle donc ?

— À mon école, on nous apprend à prévenir les incendies, dis-je. Et à traverser la rue en regardant des deux côtés.

— Je me demande s'ils veulent me kidnapper.

Est-elle sérieuse ? Elle blague, c'est sûr. Les enlèvements, c'est comme les inondations, les tremblements de terre et les guerres civiles. Ça arrive à l'autre bout du monde, à des étrangers.

— Une de mes camarades de classe s'est fait enlever, l'an dernier, tu sais. Ses parents ont dû payer une rançon de cent mille dollars pour la retrouver.

Elle ne blague pas. Je manque de m'étouffer. C'est déjà grave d'être tout seul dans la ville de New York. Là, je me rends compte que je pourrais être tout seul en compagnie de ravisseurs d'enfants.

— Retournons d'où nous venons, dis-je. Allons retrouver le policier.

— Non.

— Oui.

Il y a un trottoir qui roule en sens inverse. Ce serait très facile de sauter dessus. Je tourne la tête pour voir si quelqu'un vient – d'un côté, puis de l'autre, comme on nous l'a enseigné à l'école – et je l'aperçois tout à coup ! Assez loin derrière, noyé dans un groupe de personnes, mais sur le même trottoir que nous. Je sais que c'est lui. Voyant que je l'observe, il baisse aussitôt sa tête teinte en roux, comme s'il ne voulait pas que je le remarque.

Chapitre 3

La chienne de personne

— Oh, non ! Il est derrière nous !

Je chuchote, même s'il ne peut pas m'entendre.

— Lequel ? Le gars aux cheveux teints ? Tu l'as vu ?

— Qu'est-ce qu'on va faire ? Non, mais qu'est-ce qu'on va faire ? (Je cherche un policier dans les parages, mais il n'y en a pas.) À l'aide ! dis-je à… enfin, à je ne sais trop qui.

Je lève les yeux, à la recherche d'un signe du ciel – qui sait ? Sauf que nous sommes encore à l'intérieur.

— On va commencer par prendre un taxi, décide Frieda.

Elle accélère. Son fauteuil glisse rapidement sur le trottoir roulant. Je la suis aussi vite que je peux. Les gens s'écartent sur notre passage. Je lui demande en haletant si elle a assez d'argent.

— J'ai un billet de cinquante dollars dans mon sac. Mon père dit qu'on ne devrait jamais voyager sans un billet de cinquante dollars pour les urgences.

Quelle idée singulière ! Quelle sorte de parents a-t-elle donc ?

— Ma mère conseille de ne jamais courir avec des ciseaux, dis-je.

Au bout du trottoir roulant, les portes donnant sur l'extérieur s'ouvrent automatiquement. Une foule de gens attendent les taxis jaunes qui s'enfilent à la queue leu leu. Il fait un beau temps clair, maintenant, mais une bande de nuages sombres poursuivent le soleil à travers le firmament. Tôt ou tard, ils vont finir par l'attraper.

Il y a un problème avec le taxi de tête. Canne pointée sur la voiture, une vieille femme parlemente avec le chauffeur qui essaie de lui faire entendre raison :

— Je vous assure que ce n'est pas ma chienne. Elle flâne aux alentours. Demandez à n'importe qui ! Tenez, à Harvey, juste ici. Hé, Harvey, c'est à moi, cette chienne ?

Harvey est un colosse qui porte une chemise trop ajustée. Il s'extrait de son taxi, le deuxième en ligne.

— Ça, c'est Sally, dit-il.

— Est-ce que Sally est ma chienne ?

— Nenni. C'est la chienne de personne. Elle traîne par ici, voilà tout. Elle aime se promener en taxi.

— Vous voyez ? reprend le premier chauffeur.

Il ouvre la portière et une chienne descend de la voiture.

Elle a une drôle d'allure, cette bête – la taille d'un chien policier, mais d'énormes oreilles, effilées comme celles d'une chauve-souris et pointées droit vers le haut, ce qui lui donne l'air perpétuellement ahuri.

— Oh, le beau trésor ! s'écrie Frieda.

La vieille dame frappe le sol de sa canne.

— Mais, cette… cette *bête* était dans la voiture, s'indigne-t-elle. Il n'est pas question que je prenne un taxi où une bête est montée !

Un homme qui fume un cigare passe devant elle, serviette à la main.

— Moi, ça ne me dérange pas, dit-il en s'installant dans la voiture de tête. Au palais de justice de l'arrondissement, chauffeur. Et appuyez sur le champignon !

Le premier taxi s'éloigne. Harvey remonte dans le sien et toute la caravane avance d'une place. La vieille femme ouvre la porte du taxi d'Harvey. Et Sally, la chienne, saute dedans.

Je regarde derrière moi. Le rouquin n'est pas là. Les gens commencent à marmonner contre la vieille femme, contre le retard, contre l'humidité. Je respire un bon coup et, étrangement, me voilà transporté hors du présent. Pendant une fraction de seconde, c'est comme si rien n'avait encore été de travers. Je me sens plein d'espoir : mon père m'attend ; après une bonne poignée de main, nous nous dirigerons vers l'hôtel, où il y aura une piscine et un appareil pour jouer à des jeux vidéo ; nous commanderons notre repas par le service aux chambres et je veillerai très tard.

Faux espoir.

— Salut, les jeunes.

Je retombe en pleine réalité – en pleine panique. Le rouquin avachi nous a rattrapés. Vêtu d'un coupe-vent, lunettes de soleil sur les yeux, sourire aux lèvres, il avance nonchalamment vers Frieda. Il a une dent en argent et elle scintille.

— Comme on se retrouve, dit-il.

Frieda ne répond pas. Elle roule son fauteuil vers moi pour chercher du soutien moral. J'espère qu'elle ne s'attend pas à un autre type de soutien. Avachi me sourit, à moi aussi. Il prend une barre de chocolat dans sa poche.

— Quelle coïncidence ! remarque-t-il. Je n'ai pas sitôt quitté le boulot que je tombe sur vous, qui attendez justement un taxi. C'est… Frieda, n'est-ce pas ? Frieda Miller ? Je me rappelle le nom sur ta valise.

Il sourit et se met à développer sa friandise. Elle a raison, Frieda : ce bonhomme me donne la chair de poule.

— Tu en veux une bouchée ? demande-t-il. J'en ai d'autres dans ma poche. Celle-ci est au caramel.

— Non, refuse Frieda.

— J'espère que tu ne penses pas que je t'en veux pour la claque que tu m'as donnée, dit-il. Ça ne paraît plus du tout et je t'ai pardonné. Un malentendu. On est amis, d'accord ?

Frieda ne dit rien.

— Eh, j'y pense ! s'exclame-t-il comme si l'idée venait de lui passer par la tête. Si vous montiez avec moi ? J'ai une voiture qui attend. Moi et mon cousin, on vous reconduirait chez vous.

— Ça va, affirme Frieda, nous allons prendre un taxi.

— Oui, mais les taxis coûtent si cher. Et les chauffeurs ne connaissent pas toujours le chemin. Mieux vaut monter avec nous.

— Non, dit Frieda.

— Tu épargneras des sous. Tes parents vont l'apprécier. Crois-moi, si tu leur fais économiser de l'argent, ils vont t'adorer.

— Vous croyez ça ! *Mes* parents ? ricane Frieda tristement. Vous ne les connaissez pas.

Le rouquin fait un signe de la main et une voiture bleue que je n'avais pas remarquée roule à l'avant de la file de taxis – semblable à tant d'autres, sauf pour le pompon rose attaché à son antenne. Il ouvre la portière arrière.

— Montez, dit-il. Vous serez chez vous dans le temps de le dire.

Je reconnais le chauffeur : c'est le maigrichon au long nez qui travaille pour le gouvernement. Celui qui a des pouvoirs fédéraux.

— Il y a assez de place, assure-t-il de sa voix rauque.

Pendant qu'on parlemente ainsi, les taxis continuent d'avancer, un à la fois, comme les cannettes d'une machine distributrice. Sally, la chienne à l'air ahuri, n'arrête pas d'arpenter la file et de bondir d'une voiture à l'autre. La vieille dame grincheuse paraît lasse et ennuyée. Pauvre vieille dame grincheuse !

Sally la pourchasse jusqu'à l'avant de la file de taxis, où attend la voiture du grand maigrichon. Voyant la portière ouverte, la vieille dame s'affale quasiment sur la banquette arrière.

— Merci, merci, dit-elle à Avachi, qui la regarde, bouche bée, sa dent argentée brillant dans sa bouche. J'habite à l'hôtel Northwestern, à Manhattan, ajoute-t-elle à l'intention de Maigrichon, qu'elle prend pour un chauffeur de taxi. Et pas de bête dans la voiture !

Elle claque fermement la portière à la face de Sally.

La chienne recule dans le fauteuil roulant de Frieda, et reste là, toute frémissante. Frieda allonge la main et lui caresse les flancs.

Avachi fusille la vieille dame du regard. Il met sa main sur la portière. Mais le voilà qui recule tout d'un coup et qui bouge la tête en tous sens. Il agite les bras, se giflant furieusement la nuque.

— Ah non, une abeille ! fulmine-t-il. Je déteste les abeilles.

Je lève les yeux — maintenant que je suis dehors, je peux voir le ciel —, mais je ne vois toujours pas de signe d'une intervention céleste. Ou alors… serait-ce ? Il me semble apercevoir une lueur… un minuscule je-ne-sais-quoi doré qui tourne autour du cou d'Avachi…

Les longues oreilles de chauve-souris de Sally tressaillent. Elle court vers Avachi et se met à lui bondir dessus en aboyant. Elle vise la barre de chocolat. C'est une grosse bête. Elle saute assez haut pour poser ses pattes sur la poitrine d'Avachi, qui perd l'équilibre et bascule par en arrière pour s'affaler sur la voiture. Sally joue des mâchoires… toute proche de la barre de friandise… et de l'abeille.

— *Attention !*

Une voix suraiguë. Ce n'est pas celle d'Avachi, qui rattrape son équilibre en s'agrippant à la poignée de la portière avant. Le pauvre a le regard perdu de celui qui vient d'entendre la voix d'un fantôme. Bondissant de nouveau, Sally le fait retomber.

— *Allez, ouste ! Déguerpissez !*

Cette voix, encore. Est-ce possible ? Je reconnais cette voix, j'en suis sûr.

— Norbert ? dis-je en faisant un pas en avant. C'est toi ?

Tout excitée, Sally bondit de plus belle. La barre de friandise ainsi que l'abeille disparaissent.

Avachi est étendu de tout son long à côté de la voiture.

— C'est bon, c'est bon, marmonne-t-il. Je fous le camp.

Il tâtonne pour trouver la poignée, réussit à ouvrir la portière et rampe à l'intérieur. Maigrichon met la voiture en marche et les voilà partis. Dans un écho insolite, la voix résonne encore :

— *Nom d'un bol fumant de cacao ! Où suis-je ?*

La chienne s'immobilise complètement pendant un instant. Puis, elle éternue par trois fois. Ensuite, elle tourne en rond en courant après sa queue. Elle éternue une autre fois, très fort, et s'assoit. L'expression de son visage me rappelle la fois où mon copain Victor avait mangé une boule d'huile de bain en pensant que c'était un bonbon.

La file de taxis avance toujours. Des gens y montent. Des voitures s'éloignent. Personne ne fait attention à nous. Sally s'approche du fauteuil roulant et pose ses pattes sur les genoux de Frieda, qui se risque à lui flatter la tête.

— Salut, beau trésor, dit-elle. (Sally y va d'un reniflement.) Non mais tu es vraiment magnifique !

— *Merci, je suppose que vous avez raison.*

— Norbert, dis-je. C'est donc bien toi.

Je sais que c'est Norbert. Je reconnais sa voix, et puis, c'est tout à fait son style de réponse.

Frieda sursaute et pousse un petit cri, mais sans lâcher la chienne.

— Alan, demande-t-elle, c'est toi qui parles ? Ou est-ce Sally ?

— Ni elle ni moi, en fait.

J'essaie de lui expliquer. Norbert est un minuscule extraterrestre à la voix suraiguë qui vient de la planète Jupiter. Pendant un bout de temps, l'an dernier, il a vécu dans mon nez, un peu comme un ami qui viendrait habiter chez vous pendant que ses parents sont à l'extérieur de la ville. Il semble que mon nez soit plus grand que je ne le pensais, qu'il soit même assez grand pour avoir un salon. Oui, j'ai bien dit un *salon.* Il y a aussi une chambre, une cuisine, une autre pièce à l'arrière et un garage pour loger le vaisseau spatial de Norbert.

Non, je n'y comprends rien, moi non plus. Norbert est resté avec moi quelques semaines, après quoi il est parti vivre dans le nez de k. d. lang, la chanteuse, oui. Apparemment, la planète Jupiter au grand complet raffole de notre musique country. Pour ce que j'en sais, Norbert est resté avec madame lang jusqu'à tout récemment.

Il m'a manqué, en quelque sorte.

— *Oui, c'est bien moi,* confirme-t-il.

Sa voix provient d'en bas, à la hauteur de mon genou.

— *Tu as appelé à l'aide, pas vrai ? Qui t'attendais-tu à voir ? Snoopy ?*

Je devrais ajouter que Norbert n'est pas toujours poli. En fait, c'est un petit effronté qui n'a pas la langue dans sa poche.

— Mais où es-tu, au juste ? À l'intérieur… de la chienne ?

Sally y va d'un jappement.

— À l'intérieur de son… nez ?

— *Hé, c'est qu'il est pas mal plus habitable que le tien, Dingwall. L'atterrissage a été un choc, mais là, j'ai eu le temps de faire le tour et je pense que j'aime ça. J'ai un studio, tu sais, muni de deux lanterneaux. Je vais peut-être me remettre à la peinture à l'huile.*

— Tu parles ? chuchote Frieda en regardant Sally d'un air perplexe.

— *Oui, je parle. Et toi aussi. Et lui aussi, Dingwall, ici présent, ce qui prouve que ça ne peut pas être si difficile que ça.*

— Hé ! dis-je.

— *Tu vois ce que je veux dire ? Un Démosthène rougissant.*

Bien sûr que je rougis. Frieda esquisse un sourire.

— Mais tu me parles… à moi, dit-elle.

— *Oh, mon cœur va s'arrêter de battre ! Allons, fillette ! Essaie de te mettre au diapason : je te parle, tu me parles. Ça s'appelle une conversation.*

Est-ce que les gens autour de nous peuvent nous entendre ? Personne ne se retourne ou ne remarque quoi que ce soit.

— Norbert ! dis-je. Tu es grossier !

C'est drôle, dans l'avion, n'importe qui aurait pu dire n'importe quoi à Frieda et ça ne m'aurait rien fait. Après tout, c'est une enquiquineuse. C'est sans doute à cause de son fauteuil que je veux qu'on la traite plus gentiment. Le fait qu'elle soit en fauteuil roulant la rend plus vulnérable. Mais pourquoi donc vouloir être poli avec une personne seulement parce qu'elle a un problème ? Après tout, ça ne l'empêche pas pour autant d'être une enquiquineuse.

La chienne aboie en regardant Frieda, qui se met à la flatter sans plus se poser de questions.

— *Silence, Sally,* ordonne Norbert. *Allez ouste, Dingwall. Où est-ce que nous allons ?*

Chapitre 4

Ce n'est pas inintéressant !

— **N**ous ? dis-je. Ça veut dire que tu viens avec nous ?

— *Naturellement !*

Je ne peux pas vous dire quel soulagement je ressens. Norbert est difficile, parfois, il est fantasque et obstiné, mais il a mon intérêt à cœur. C'est un copain. Et rien ne lui fait peur. Jamais. C'est un véritable atout d'avoir un ami qui n'a jamais la frousse.

— *Tu veux de l'aide ou pas ? C'est toi qui l'as demandée. D'ailleurs, si tu veux mon avis, tu en as grandement besoin. Ton accoutrement, par exemple. Qui a décidé que tu t'habillerais comme ça, hein ? Et depuis quand te parfumes-tu à l'eau de Cologne ? Tu sens les roses défraîchies.*

Frieda rigole et je sens que je rougis encore.

— Ce n'est pas mon eau de Cologne, dis-je.

— *Je dois admettre que cette jeune femme, ici présente, est fort bien mise. k d. lang avait un ensemble presque identique à celui qu'elle porte. Alors que toi, Dingwall, tu es affublé d'une chemise avec un beigne dessus. Maintenant, dis-moi, où est-ce qu'on s'en va ?*

Frieda cesse de rigoler et répond :

— Chez moi. Chez mes parents.

— Mon père était censé m'accueillir à ma descente d'avion, dis-je. Mais il n'est pas là.

La file de taxis avance toujours. Le chauffeur de la première voiture freine brusquement, forçant tous les autres derrière à en faire autant.

— *Hep, TAXI !* hurle Norbert.

Frieda le dévisage – enfin, elle dévisage Sally.

Un homme d'affaires portant un attaché-case bourré de paperasse passe devant nous en montrant le taxi du doigt.

— *Ôte-toi de là, bonhomme,* glapit Norbert. *C'est notre taxi.*

L'homme se retourne en sourcillant.

— On ne t'a jamais appris les bonnes manières, jeune fille ? dit-il.

La tête de la chienne est tout près de celle de Frieda. Il doit penser que c'est la jeune fille qui a parlé.

— *Des manières, oui ! Tu peux bien parler de manières, espèce de voleur de taxi ! Je dirais à ma chienne de te mordre la jambe, si j'arrivais à la faire obéir à mes ordres,* gronde Norbert, fâché. *Allez, ouste ! Dingwall. La fillette ne bouge pas. Pousse-la. Grouille-toi, mon grand !*

En voulant ouvrir le coffre arrière, le chauffeur du taxi a actionné les essuie-glaces et le bouton qui ouvre le capot. J'aide Frieda à sortir de son fauteuil et à monter dans la voiture. Elle s'appuie sur moi. Le chauffeur finit par se rappeler comment ouvrir le coffre, où je range le fauteuil roulant après l'avoir plié. Sally grimpe dans la voiture derrière Frieda. Je monte le dernier. On est un peu à l'étroit, mais on parvient à s'entasser sur la banquette.

L'homme d'affaires nous fixe.

— *Et ton lacet est détaché !* lui crie Norbert par-dessus mon épaule.

Il jette un regard à ses pieds. Un couple, main dans la main, passe près de lui en le bousculant. Il en échappe sa serviette, qui s'ouvre toute grande, provoquant un envol de papiers. Le rire de Norbert fuse, insolite dans la gueule d'un chien.

— Où allons-nous ? demande le chauffeur.

— Au 26 Ouest, 84e Rue, indique Frieda avec précision. On y accède par Central Park West. C'est dans Manhattan.

— Prouve-moi que tu as de l'argent pour me payer, exige le chauffeur.

Frieda a mis son sac à main sur son épaule. Elle y prend un billet qu'elle brandit sous le nez du chauffeur. Celui-ci abaisse le drapeau, ce qui actionne le compteur, et il démarre sur les chapeaux de roues.

Personne ne dit mot, au début. Le chauffeur se concentre sur la circulation, en marmonnant. Je regarde par la fenêtre.

Quelques minutes plus tard, j'entends la voix de Frieda, mais ce n'est pas à moi qu'elle s'adresse.

— *Moi aussi, je suis enchanté de faire ta connaissance, Frieda,* répond Norbert.

Pardonne-moi mon impolitesse de tantôt. Et excuse-moi pendant que j'essuie ma moustache de cacao. Les Jupitériens boivent tous du cacao. Et là, il faut que je lave la vaisselle. Je dois dire que la cuisine de Sally a toutes les commodités modernes.

On s'arrête à un feu de circulation. Le chauffeur hoche la tête. Sitôt le feu vert, il repart en faisant crisser ses pneus.

— Alors, comme ça, ton père est un représentant de l'État ? dis-je. C'est un poste important, n'est-ce pas ?

Frieda me dévisage.

— Bien sûr que c'est important. Non mais tu ne connais rien, ou quoi ? Vous n'avez pas de représentants de l'État, là d'où tu viens ?

— Je viens du Canada, dis-je. Nous n'avons même pas d'États, chez nous.

Elle branle la tête.

— Voilà qui est bien étrange, dit-elle.

— *L'endroit que k. d. lang préfère, dans le monde entier, est une petite ville de l'Alberta, au Canada,* dit Norbert.

— Mais l'Alberta est un État, affirme Frieda. Situé juste au-dessus du Dakota du Nord.

— Vraiment ? dis-je. Tu en es certaine ?

C'est de mon pays qu'elle parle, mais elle a l'air tellement catégorique que je me dis que j'ai dû manquer des bouts dans les nouvelles.

— Absolument ! Mon père y est allé l'an dernier et c'est un politicien.

— Penses-tu que c'est pour ça qu'ils te courent après ? À cause de la politique ? À cause de ton père ?

Frieda hausse les épaules.

— Peut-être, dit-elle. Ton père à toi, il fait quoi ?

— Il travaille en ressources humaines. Il est tout le temps muté. C'est la première année qu'il est en poste à New York. Ma mère aide des enfants en difficulté. Et la tienne, elle fait quoi ?

Son visage se ferme comme une porte que l'on claque.

— Rien, répond-elle.

On roule sur un pont que j'ai vu un million de fois, à la télé et dans les films. Je reconnais la vue que j'ai sous les yeux, tous ces fameux gratte-ciel illuminés par le soleil matinal.

— Formidable !

Le cri m'échappe ! C'est plus fort que moi. Je sais bien que cette mésaventure est affolante, sans compter que je me retrouve dans une ville étrangère et que mon père est trop occupé pour venir m'accueillir à l'aéroport, mais malgré tout, je ne peux m'empêcher de trouver ça plutôt formidable. Sauf que je me trompe.

— À New York, rien n'est formidable, affirme Frieda.

— Bien sûr que si. Ça, c'est formidable.

— Sauf que le mot formidable n'est pas formidable, explique-t-elle. Enfin, ce que toi, tu pourrais juger formidable.

Je n'ai d'autre choix que de la croire. Elle est tellement sûre de ce qu'elle avance. Je lui demande :

— Quand quelque chose est formidable, vous dites quoi, alors ?

— On dit que ce n'est pas inintéressant, répond-elle en souriant.

— Pas inintéressant. Non mais tu parles d'une expression idiote !

— Et formidable, tu trouves ça brillant, peut-être ?

Sa réplique me cloue le bec.

— *Sur Jupiter,* intervient Norbert, *on dit que quelque chose est* sid.

— *Sid ?* s'étonne Frieda.

— *Oui,* sid. *Comme la lune. Une des lunes de Jupiter s'appelle Sid.*

— Tiens, je ne savais pas ça, dit-elle.

Frieda semble s'être habituée à Norbert. Peut-être parce que c'est une fille de la ville. Tellement de gens différents fréquentent une grande ville comme New York qu'un être étrange de plus – et peu importe son degré d'étrangeté – semble plus facile à accepter. J'ai essayé d'expliquer qui était Norbert, l'année dernière, mais personne n'a voulu me croire. Tout le monde s'imaginait que c'était moi qui parlais.

— Alors, Norbert, demande-t-elle, qu'est-ce que tu penses du pont de Queensboro ? Est-ce qu'il est *sid ?*

— *Eh bien, il n'est pas* insid *!*

— Pas mauvais comme réponse ! dit-elle en frottant les oreilles de la chienne.

Sally penche la tête. Nous rions. J'ai l'impression que ça fait des semaines que je n'ai pas ri.

Je commence enfin à me détendre. Toute cette aventure pourrait bien se terminer sous peu. Papa va venir me chercher chez Frieda, nous nous rendrons à l'hôtel et je déferai mes…

Une pensée me frappe tout à coup.

— Oh, non ! Nos bagages ! On les a oubliés !

Dans notre précipitation à quitter l'aéroport, j'ai laissé la valise de Frieda et mon sac de soccer sur le trottoir, devant la file de taxis.

— Il faut retourner les chercher, dis-je.

Mais Frieda a le dos tourné et les yeux rivés sur la lunette arrière, et semble se ficher pas mal de nos bagages. Je n'y comprends rien jusqu'à ce que je me rende compte que la voiture qu'elle zyeute, celle qui nous talonne, arbore une antenne à pompon.

Nous sommes pistés par Avachi et Maigrichon. Et peut-être aussi par la vieille dame grincheuse, mais ce n'est pas elle qui m'inquiète.

Je me fiche bien des bagages, finalement. Ce qui se passe est beaucoup plus grave. Je pensais pourtant que nous en avions terminé avec ces événements fâcheux. J'ai envie de pleurer. Je ne sais pas quoi faire. Heureusement, Norbert prend une décision.

— *On doit trouver un moyen pour semer cette voiture. Le chauffeur de k. d. lang prenait trois virages très rapides, coup sur coup. C'est comme ça qu'il décourageait les* pepperonis.

— Les *pepperonis* ?

— *Je pense que c'est comme ça qu'elle les appelait : les pepperonis. J'espère que notre chauffeur est aussi bon que Mario. Hep, en avant ! Hé, vous là !*

Sourcils froncés, le chauffeur se tourne à demi, le bras tendu le long du siège du passager. La voiture roule dans une voie à circulation très dense.

— C'est à moi que tu parles ? fait-il, les yeux exorbités.

— *Oui,* confirme Norbert.

— Tu me parles…, répète-t-il en fixant le chien. Tu me parles, à moi ?

— *Oui, la question est de savoir si vous m'écoutez.*

— Moi ? dit le chauffeur. Tu me parles à moi ?

Le pont est derrière nous, à gauche. Les buildings se dressent tout autour. Le taxi file sur la chaussée. Tout près de l'intersection suivante, le chauffeur se retourne de nouveau – complètement, cette fois – pour nous dévisager, ce qui fait virer le volant. Je ferme les yeux. Lorsque je les rouvre, nous sommes dans une autre rue. Ne me demandez pas comment, mais le virage a réussi.

Nous n'avons encore heurté personne, en partie parce que nous sommes terriblement chanceux, et en partie parce que les New-Yorkais, quand ils sont au volant, semblent très attentifs aux comportements imprévisibles des autres conducteurs.

— *Oui,* confirme Norbert. *C'est bien à vous que je parle.*

Le chauffeur et la chienne se dévisagent. Nous roulons maintenant dans une rue à sens unique, mais la flèche pointe vers nous. À contresens, donc. Heureusement, nous sommes seuls. Le chauffeur hoche la tête, découragé, ce qui provoque un virage intempestif dans une autre rue. Je pousse un soupir de soulagement. Je ne sais pas où nous allons, mais au moins nous roulons dans le sens permis.

— *Quelle partie du mot « oui » ne comprenez-vous pas ?* demande Norbert.

Pris par un tressaillement, le chauffeur se retourne et attrape le volant de justesse pour éviter un camion qui roule dans la travée voisine.

— Bon, ça va faire! dit-il de sa voix grinçante. Des araignées parlantes, des toilettes parlantes. Et des chiens parlants, maintenant. Faut que je me pousse, moi.

Et il accélère.

Je scrute les alentours, à l'affût de la voiture au pompon rose, mais je ne la vois pas. Il faut croire que le maigrichon qui travaille pour le gouvernement n'arrive pas à suivre les fantaisies acrobatiques de notre chauffeur. Eh bien, voilà une bonne nouvelle!

Frieda pouffe de rire. Elle semble beaucoup plus jeune quand elle est joyeuse. Je lui demande ce qu'il y a de si drôle.

— Des toilettes parlantes, dit-elle en se bidonnant.

Le chauffeur se range le long du trottoir. Brusquement, comme tout ce qu'il fait.

— Où est mon argent? demande-t-il.

Frieda cesse de se bidonner.

— Une petite minute! glapit-elle.

Elle tient l'argent dans sa main. Le chauffeur étire le bras et s'en saisit.

— Mais on n'est pas encore chez moi, proteste Frieda en regardant par la fenêtre. On est devant le Centre Rockefeller, je n'habite pas si près du centre-ville.

Le chauffeur ne l'écoute pas.

— On se reverra! dit-il en montrant Sally du doigt.

— *Pas si je peux l'éviter.*

Le chauffeur sort de la voiture.

— Hé, rendez-moi ma monnaie! exige Frieda. Au voleur! Arrête-le, Alan! Cours-lui après.

Je baisse la fenêtre et je crie :

— Hé, Émile!

C'est le nom qui est écrit sur le permis d'exploitation affiché derrière la banquette avant. Émile Rodomar. Je le vois qui dépasse une tour élancée. Il ne se retourne pas. Le compteur continue à faire tic-tac.

— Félicitations! C'est comme ça qu'on arrête les voleurs, me dit Frieda. Qu'est-ce qu'on va faire, maintenant? Je n'ai plus d'argent.

Elle compte ce qui reste dans son sac.

— Un billet de un dollar, trois pièces de vingt-cinq cents, un dix cents et quelques cents. De quoi acheter un verre d'eau, quoi !

Sally aboie. Frieda la flatte distraitement.

— Hé ! Regarde donc ! Ce n'est même pas lui, fait-elle en désignant la photo d'Émile sur le permis.

En effet, la photo ne ressemble en rien à notre chauffeur.

— On est dans un taxi volé, conclut Frieda.

Sally n'a pas cessé d'aboyer.

— *Elle veut sortir,* déclare Norbert.

— Pourquoi donc ? dis-je.

— *Laisse-la sortir, tu verras bien.*

— Oh !

J'ouvre la portière pour la faire sortir, je descends à mon tour et me retourne pour aider Frieda. Elle repousse ma main. Je reste donc sur le trottoir à l'observer. Elle se propulse sur ses bras et réussit à quitter la voiture sans aide pour venir s'appuyer, tant bien que mal, contre la portière.

Un vieillard passe près de moi et manque de me jeter par terre.

— Désolé, lui dis-je.

Mais il est déjà loin et il ne peut m'entendre.

Toute la ville semble pressée. Les piétons nous dépassent à la vitesse des voitures de course. Les voitures nous dépassent à la vitesse du son. Et... mais je ne vois plus Sally.

— Norbert ? dis-je, en fouillant les alentours des yeux. Où es-tu allé... oh, te voilà.

Sally revient, queue branlante, oreilles dressées, tous les sens aux aguets.

— Ne reste pas là à rien faire, me dit Frieda. Si tu veux m'aider, sors mon fauteuil du coffre. J'espère que tu aimes la marche. On va devoir se balader pendant quelques heures avant d'arriver chez moi.

— À pied ?

— Et tant mieux si tu as laissé nos bagages à l'aéroport, dit-elle.

— On ne pourrait pas appeler quelqu'un ? Ou prendre un taxi ?

— Qu'est-ce qu'il y a ? Ça te gêne ?

Je rougis facilement – la seule chose que j'ai en commun avec mon père.

— Mais non. Pourquoi ? Pourquoi ça me gênerait ?

Je retire le fauteuil du coffre. Frieda refuse mon aide pour s'y asseoir.

— Je pourrais téléphoner à la maison, j'imagine, mais personne ne va répondre. Et, avec 1,96 $, c'est certain qu'on ne va pas prendre de taxi.

— Laisse-moi téléphoner, lui dis-je.

Elle me tend son portable sans mot dire et je compose le numéro de mémoire. Quelqu'un répond dès la première sonnerie.

— Allô ! C'est pour une pizza ?

— Papa ?

Un long moment de silence s'écoule.

— J'espère bien que non.

— Papa, c'est moi, Alan.

— Qui donc ? Parle plus fort. Je ne t'entends pas.

Je lui répète mon nom.

— Qui t'a affublé d'un nom pareil, Alan ? Non mais c'est quoi, ce nom-là ? On dirait un joueur de violon. Tu joues du violon, Alan ?

Est-ce qu'il plaisante ? Je ne reconnais pas tout à fait sa voix. Il prononce mon nom Yellan. Papa fait-il semblant d'avoir l'accent new-yorkais ?

— Tu sais bien que non, papa.

— Je ne sais rien de toi, dit-il. Sauf ton nom que je n'aime pas. Écoute, veux-tu de la pizza, oui ou non ?

— De la pizza ?

— Si tu composes le numéro de ma pizzeria, c'est que tu veux de la pizza. Ai-je raison ? Bien sûr que j'ai raison.

— Je veux mon père, dis-je.

— Eh bien, adresse-toi au service d'adoption. Et tant qu'à y être, vois donc si on ne pourrait pas changer ton nom, t'en trouver un plus piquant. Jacques, peut-être. Ça, c'est un beau nom.

Sa voix s'atténue de plus en plus.

— Et lâche le violon.

J'éloigne l'appareil de mon oreille.

— Faux numéro ? s'informe Frieda.

— Je l'espère bien.

Je sors mon bout de papier, je pitonne le bon numéro et je pèse sur APPELER. J'entends la voix de mon père qui me dit « Allô ».

— Papa ! Je suis tellement content de te…

Il m'interrompt alors pour dire : *On est lundi le 10 juillet, et je suis absent de mon bureau. Laissez un message après le bip.*

Mais j'ai beau attendre, et attendre encore, le fameux bip ne vient pas. Je ne sais pas si on a raccroché. Je répète :

— Allô ? Allô ?

— Et alors ? demande Frieda.

— Je ne sais pas, dis-je en lui rendant le téléphone.

— Voilà le problème, dit-elle en montrant une lumière clignotante. Il est déchargé.

— Qu'est-ce que tu veux dire ?

— Je dois recharger mon cellulaire pour qu'il fonctionne de nouveau. Je voulais le faire à Toronto, mais j'ai oublié.

Je lui arrache le téléphone des mains, et je compose le numéro une autre fois. Je n'entends rien.

— Et alors, qu'est-ce qu'on fait ? dis-je. On va vraiment devoir marcher jusque chez toi ?

Elle sourit amèrement.

— *Tu* vas devoir marcher, précise-t-elle.

Chapitre 5

Mon monde
est plus grand

— *Nous étions donc sur le divan, en train de parler à la docteure. k. d. lang était étendue. Moi, j'étais assis dans la pièce en avant avec une tasse de cacao. La doc était très curieuse à mon sujet et voulait toujours en savoir davantage sur mon enfance sur Jupiter. Et lorsque j'ai eu fini de déballer mes confidences, elle a dit : « Madame lang, je pense vraiment que vous devriez aller de l'avant avec l'intervention. »*

Nous avons déjà parcouru un bout de chemin, franchi quelques intersections le long de la 50ᵉ Rue, et nous nous retrouvons sur Broadway. Sally et moi, nous marchons, et Frieda roule tout en indiquant le chemin. Les numéros de rue montent sans cesse.

50e... 51e... Norbert est en train d'expliquer comment ça se fait qu'il est venu à New York depuis Los Angeles, où habitait k. d. lang.

— « *Mais j'aime bien mon nez, a dit k. d. lang. Je ne veux pas ressembler à quelqu'un d'autre.* » *Je me suis écrié :* « Bravo, k. d. ! » *et la docteure a griffonné sur son bloc-notes en fronçant les sourcils.*

— Vous parliez à une thérapeute, n'est-ce pas ? dit Frieda en tournant la tête vers Sally.

— *Oui, oui, c'est justement ça. Une thérapeute. C'est une amie qui l'avait recommandée à k. d. quelque temps après mon arrivée.*

— Une thérapeute ? dis-je en ricanant. Comme un médecin pour les fous ? Pauvre k. d. lang !

— Je vois une thérapeute à l'occasion, dit Frieda.

— Oh ! Désolé, dis-je.

Brillant, Dingwall. Tu es très brillant.

On arrive à une intersection. Le feu passe au jaune. Le signal d'arrêt pour les piétons s'allume. Je ralentis, mais Frieda continue d'avancer. J'agrippe son fauteuil pour qu'elle puisse arrêter à temps.

— Mais qu'est-ce que tu fais ? glapit-elle en se tournant vers moi.

Personne ne s'arrête. Les gens accélèrent même. Un homme nous rentre dedans par derrière, se frappe durement le genou contre le fauteuil roulant, mais s'engage tout de même dans l'intersection en boitillant. Une femme à l'air pressé nous dépasse.

— Non mais, c'est quoi l'idée ? me demande-t-elle.

Une voiture tourne le coin, ratant de justesse l'homme boitillant. La suivante rate de justesse la femme pressée. Le feu passe du jaune au rouge. Des klaxons claironnent. Comme propulsées par une catapulte, les voitures s'enfilent dans l'intersection.

— Espèce de cornichon ! me dit Frieda. À New York, il faut se grouiller.

— Je peux aller plus vite que toi !

Je sais bien que c'est odieux de lui dire ça, mais, quand je parle à Frieda, j'oublie qu'elle est en fauteuil. Le feu est encore rouge pour nous. Sally flaire quelque chose sur le trottoir, au grand dam de Norbert.

— *Laisse ça tranquille ! C'est sale. Tu ne sais pas ce que c'est, Sally. Quoi ? Tu sais ce que c'est ? Alors, c'est quoi, hein ? Oh, sainte galaxie,*

NON ! Tout de même, Sally ! Combien de fois va-t-il falloir que je te dise…

Pauvre Norbert. Voilà le feu vert. Le signal MARCHER s'allume. Nous nous engageons dans l'intersection. Une voiture amorce un virage, freine en catastrophe, nous manque de peu. Frieda poursuit sa route comme si de rien n'était.

— Mais, Norbert, questionne-t-elle, de quelle intervention la thérapeute de k. d. lang parlait-elle ?

— *Je ne comprenais pas très bien, moi non plus, au départ. J'ai bien essayé de lui demander, mais elle n'a pas voulu me répondre. « Vous pouvez garder le contrôle sur votre nez, madame lang, affirmait-elle. Vous n'êtes pas obligée de l'écouter. Je pense qu'une rhinoplastie – même si elle devait changer la forme de votre nez – s'avérerait très thérapeutique. »*

— Elle voulait parler d'une opération esthétique pour son nez, n'est-ce pas ? dit Frieda en riant.

— *Laissez-moi vous dire que je leur ai dit ma façon de penser. J'ai fait mes bagages la nuit dernière et je suis parti ce matin. Pauvre Nérissa ! Ça lui a fait quelque chose quand je lui ai dit ça. Elle qui aime tant k. d. lang.*

— Qui est Nérissa ? demande Frieda.

— C'est une… amie de Norbert, dis-je. Une amie qui est restée sur Jupiter.

Selon moi, c'est plus qu'une simple amie, mais je n'ai pas envie d'en confier davantage à Frieda.

— Peux-tu communiquer avec Jupiter par téléphone, Norbert ?

— *Eh bien, c'est un appel interplanétaire.* Un petit silence s'écoule.

— *Elle avait demandé de l'aide, vous savez.*

— Qui donc ? k. d. lang ? demande Frieda.

— *C'est pour ça que je suis allé à Los Angeles. Savez-vous ce que c'est que de s'apercevoir qu'on ne veut pas de vous ?*

Frieda ne dit rien. Son visage se referme.

▲ ▼ ▲

À New York, plein de gens vivent dans la rue, et y travaillent même. Des sans-abri, bien sûr, qui dorment dans des boîtes ou des entrées d'immeuble. Il y en a dans toutes les grandes villes. Mais les rues de New York offrent de plus grandes possibilités encore que celles de la plupart des autres villes. Je croise des gens qui vendent et qui mangent des trucs que je n'ai jamais vus. Je ne reconnais même pas l'écriture sur le côté des chariots. Nous croisons une femme qui a son bureau sur le trottoir : un pupitre, une lampe, une corbeille à papier, une chaise pour ses clients, et un écriteau où elle offre ses services-conseils en fiscalité. Plus loin, un homme élégant promet de trouver une solution à vos problèmes de stationnement. J'ignorais que le stationnement pouvait être un problème, mais Frieda m'assure que si.

Il se met à pleuvoir lorsque nous atteignons la 55e Rue. Je traverse – en vitesse – et me réfugie sous un auvent avec Frieda. Sally court en rond autour de nous.

— Achetez un parapluie ! propose un adolescent boutonneux.

Non mais d'où sort-il, celui-là ? Il n'était pas là il y a une seconde, quand il faisait soleil. Il se met à pleuvoir et hop ! il surgit, les bras chargés de parapluies. Un autre vendeur en offre aussi sur le trottoir d'en face. On jurerait qu'ils ont jailli du pavage, tout équipés, comme les soldats mythiques de la Grèce antique qui poussaient sur des dents de dragons.

— Non, merci, dit Frieda.

Je pense à la femme qui a son bureau sur le trottoir et je me demande comment elle se débrouille pendant les averses.

Nous sommes devant un magasin pour hommes. Je lorgne le complet montré en vitrine. Le prix indiqué peut-il être le bon ? N'est-ce pas plutôt le prix de l'immeuble ? Incidemment, de l'autre côté de la rue, pas très loin du vendeur de parapluies, se trouve l'édifice le plus formidable – pardon, je vais devoir travailler là-dessus, *le moins inintéressant* – que j'ai jamais vu : ses formes arrondies s'envolent vers le ciel, toutes ridées, comme si le vent en était l'architecte. Une remarquable combinaison de lignes futuristes et familières, un croisement entre un missile et un thermos. Je demande à Frieda ce que c'est.

— Je n'en sais rien, dit-elle. Une compagnie d'assurance, peut-être. Ou de services publics.

Un édifice de services publics ? Quel sort ennuyeux pour une construction aussi grandiose ! On a un édifice de services publics à Cobourg, juste à côté de la banque Toronto-Dominion. La sœur de mon prof y travaille.

Tout à coup, j'ai envie de parler à quelqu'un de chez nous. Maman est partie en excursion. Je pourrais téléphoner à Miranda, j'imagine. Ou à Victor. Mais, qu'est-ce que je lui dirais, hein ? « Salut, Vic, je suis quelque part à New York, je n'ai pas un sou et nulle part où aller. Ah, oui, et y a deux bandits à mes trousses. »

Merde à papa, de toute façon ! Et merde à Avachi et à ses cheveux teints en roux ! Et merde à Maigrichon et à ses pouvoirs fédéraux ! Et merde à Véronica et à Frieda ! Merde à eux tous !

La pluie a cessé. Les vendeurs de parapluie se sont tous évanouis. Poursuivons notre route.

Ce boulevard – Broadway – est très large, comme le décrit très bien son nom, en anglais. Levant la tête, j'aperçois une grande bande de ciel gris. Je n'ai aucune idée de l'endroit où se trouve le soleil – quelque part derrière le gratte-ciel à droite, je suppose. On passe près d'une entrée assez vaste dont les marches mènent à un sous-sol. De forts relents d'air vicié s'infiltrent dans mes narines. C'est le métro de New York, qu'on appelle ici *subway*. Je pense à Frieda – pourrait-elle descendre ces marches ? Je ne vois pas comment elle y arriverait toute seule, ni comment je pourrais l'aider à le faire. Elle n'a pas parlé de prendre le métro.

Un homme en fauteuil roulant vient vers nous en agitant les bras comme un moulin à vent. Tête rasée, lunettes de soleil, barbiche noire, il a l'air dur, mais gentil. Dans un film, il jouerait le truand qui sauve la vie du marmot juste avant d'être jeté en prison.

— Comment ça va, tout le monde ? demande-t-il, et son sourire s'adresse tout spécialement à Frieda.

— Bien, dis-je en essayant de ne pas le dévisager.

— Magnifique journée, dit-il, aussitôt happé par la foule derrière nous.

Après son départ, Frieda s'enfonce dans son fauteuil. Puis, elle s'élance avec âpreté, accélérant le mouvement, heurtant ses mains contre les rayons. Ses articulations pleines de bleus montrent qu'elle se blesse souvent en conduisant de cette façon. Elle relève brusquement la main et j'entends un craquement. Elle pousse un juron.

— Ça va ? lui dis-je.

— C'est mon ensemble qui ne va pas, répond-elle en levant le bras.

— Je ne vois rien.

— Là. Tu vois ça ?

J'aperçois une minuscule déchirure sur sa manche droite, qui a dû se prendre dans le fauteuil.

— Ce n'est presque rien. Ça se remarque à peine.

— Oh, la ferme !

Le feu passe au jaune. Je sais maintenant que je dois me hâter. Tout autour de nous, les gens foncent de plus en plus vite pour s'assurer d'avoir franchi l'intersection avant que les voitures venant en sens contraire ne commencent à s'y engager.

Je ne peux m'empêcher de penser à Cobourg, où les voitures attendent patiemment, au feu vert, que les autres en sens inverse aient tourné à gauche.

De l'autre côté de l'intersection, toujours en mode rapide, nous évitons de justesse de foncer dans un couple vieillissant en survêtements orangés assortis. L'espace d'un instant, je suis très en colère. Quelle idée de se mettre dans mon chemin, comme ça! Rage sur le trottoir. Ça ne dure pas, heureusement.

— Désolé, dis-je.

Frieda m'a entendu.

— Cesse donc de toujours t'excuser, dit-elle. Ça montre que tu viens de l'extérieur de la ville.

— Désolé, lui dis-je.

▲ ▼ ▲

J'ai pêché mon premier poisson à l'âge de six ans. Il était plutôt petit: il aurait tenu sur une carte postale. Pour tout vous dire, je ne l'ai même pas pêché. J'avais simplement enroulé le fil de mon moulinet quand, après avoir passé des heures assis dans la chaloupe à peler ma peau rougie par le soleil, j'ai trouvé une petite perche morte accrochée à l'hameçon. Mon oncle a conclu qu'elle était morte d'ennui. Mais je n'avais que six ans et j'étais très fier. J'ai brandi mon poisson mort tout l'après-midi au nez du voisinage et de la parenté. Et voilà où je veux en venir: tout au long de la semaine, j'ai vu des tas de gens avec des cannes à pêche et des coffrets remplis d'agrès. Je suis certain qu'ils étaient là depuis toujours, sauf qu'avant d'avoir pris mon poisson, je ne les avais jamais remarqués. Après cet exploit, bien sûr, je leur faisais un petit signe pour leur montrer que moi aussi j'étais de connivence avec eux. L'expérience avait élargi mes horizons pour y inclure des gens demeurés, jusque-là, invisibles à mes yeux.

Et maintenant, je me rends compte que je n'ai jamais vu autant de personnes en fauteuil roulant. Je suis pourtant certain qu'elles ont toujours été là, comme les pêcheurs munis de leur attirail. Mais, parce que je suis avec Frieda, j'ai l'impression d'en voir partout. Un jeune homme en fauteuil motorisé accroche mon regard. Il a le corps contracté en une sorte de spasme, la tête penchée d'un côté, les mains comme des griffes tordues. Il va bien. Sur le flanc de son fauteuil, il y a cinq pochoirs en forme d'humains. Juste dessous, une légende : AS CONDUCTEUR.

Comme les pêcheurs, les gens en fauteuil roulant forment une confrérie très cordiale.

Tous sourient à Frieda. Et même à moi, car je l'accompagne. L'as conducteur nous salue en nous dépassant. « Bonjour, les copains ! » crie-t-il. Pas inintéressant. Mon univers s'élargit.

▲ ▼ ▲

Tiens, une cabine téléphonique. Pas une cabine, en fait, un simple appareil posé sur un poteau.

— Je pourrais appeler mon père d'ici, dis-je. Aurais-tu vingt-cinq cents ?

— Pas ici, dit Frieda.

— Pourquoi pas ? Tu pourrais téléphoner, toi aussi. Quelqu'un viendrait peut-être nous chercher ?

— Pas ici, répète Frieda.

— Mais pourquoi ?

— L'appareil est hors d'usage.

Elle ne peut même pas le voir. Je m'approche. Eh oui, il est effectivement hors d'usage. Comment a-t-elle deviné ?

Une petite dame au dos voûté attend à un arrêt d'autobus, dans son fauteuil roulant, au milieu d'un groupe de personnes non handicapées. Étrange de les appeler comme ça – qu'on *nous* appelle comme ça. Je ne sais pas ce qu'elle attend, la petite dame. Je ne vois pas comment elle pourra monter les marches de l'autobus.

Un homme d'affaires passe près de nous en causant dans son cellulaire. J'aurais bien envie de le lui emprunter, mais je suis trop gêné pour l'aborder.

Après avoir parcouru un autre pâté d'immeubles, nous arrivons à l'intersection la plus gigantesque que j'aie jamais vue. Un rond-point avec deux grandes artères qui se croisent en son centre, pour ensuite se diviser en cinq ou six directions, comme des rayons partant du moyeu d'une roue. Un de ces rayons mène à un parc, un vrai parc avec du gazon.

Nous traversons trois rues. Je marche derrière Frieda. Lorsque nous atteignons le parc, elle décrète une halte.

— Bonne idée, lui dis-je. Je me sens un peu fatigué.

— Ce n'est pas pour toi qu'on s'arrête, c'est pour Sally.

Je me retourne. Sally est là, comme d'habitude. Une bête obéissante à la langue un peu pendante, l'air fatigué. En entendant son nom, elle s'approche du fauteuil et pose la tête sur les genoux de Frieda.

— Qu'est-ce qu'elle a ?

— Elle a soif, dit Frieda. Regarde-la, la pauvre, elle halète.

C'est le seul être vivant dont Frieda parle avec gentillesse. Je me demande si Sally l'apprécie.

— *Il n'y a pas d'eau froide dans le robinet de la cuisine,* dit Norbert. *Seulement de l'eau chaude, et il n'y en a guère.*

— Tu vois, dit Frieda. Si tu lui donnais à boire ?

Il y a une fontaine à quelques pas – une colonne en pierre à hauteur de poitrine, munie d'un bouton-poussoir sur le côté. Personne ne l'utilise en ce moment.

— Comment veux-tu que je lui donne à boire ? dis-je.

Je fouille les environs des yeux, à la recherche d'un contenant dans lequel verser l'eau. Rien. J'appuie sur le bouton. L'eau jaillit. Sally pousse un petit jappement et accourt. Elle se tient sur ses pattes postérieures et essaie de s'appuyer sur la fontaine avec ses pattes de devant, mais elle n'y arrive pas tout à fait. Elle aurait l'air comique, si elle ne paraissait pas si assoiffée, si désespérée.

Je lorgne furtivement vers Frieda, dont le visage reflète la détresse de la chienne. Il me vient à l'esprit qu'elle est peut-être aussi assoiffée que Sally. Elle non plus, sans doute, ne peut atteindre la fontaine. Non, ça ne peut pas être vrai : j'ai vu Frieda se tenir debout pendant un moment, avant de monter dans le taxi. Mais je parie qu'elle comprend comment on peut se sentir quand on est incapable de faire quelque chose, sans que cette incapacité soit de notre faute.

Sally va chercher de l'aide, pas auprès de moi, qui suis debout à côté d'elle, le pouce appuyé sur le bouton, mais auprès de Frieda. Celle-ci fait rouler son fauteuil jusqu'à la fontaine. Sally grimpe sur ses genoux, non sans difficulté, car c'est une grosse bête. Ses pattes atteignent maintenant le jet d'eau. Frieda lui tient l'arrière-train. Mais le fauteuil se met à reculer tout à coup. Je me précipite pour le retenir, lâchant ainsi le bouton. Le jet d'eau disparaît. Sally gémit et lape frénétiquement.

— Verrouille le fauteuil, me dit Frieda, la bouche pleine de poils de chien.

Je tâtonne autour des roues, sans trouver le frein.

— Il y a une pédale à l'arrière, indique-t-elle. Pousse-la par en bas.

Je tâtonne toujours.

— Et repars le jet d'eau.

Je suis à genoux. Je verrouille le fauteuil, je lève le bras et j'appuie sur le bouton de la fontaine. L'eau gicle sur le museau de Sally et éclabousse partout. Moi y compris. J'entends des rires. Je me relève tant bien que mal. Sally devient hystérique. Heureusement que Frieda la tient d'une main de fer.

Les rires proviennent d'un groupe de mioches là tout près, qui s'amusent de la façon de boire de Sally. Ils se tiennent par la main, coiffés de chapeaux jaune clair. Une garderie. Une femme portant un chapeau assorti – et un air ô combien fatigué ! – compte les têtes toutes les quatre secondes. La moitié des bouts de chou ont des lunettes de soleil, même si le ciel s'est couvert.

C'est une Sally enfin désaltérée qui s'ébroue et saute par terre. Je déverrouille le fauteuil et Frieda se remet à rouler. Les enfants applaudissent. La femme épuisée les aligne près de la fontaine.

Un vieillard en bermuda nous dépasse, pantelant. On dirait une tortue – lent, tout ridé et l'air désapprobateur. La courroie en velcro d'un de ses souliers est détachée.

— Dégoûtant ! jette-t-il. (Sa bouche sans lèvres se ferme en prononçant ce mot, puis s'ouvre à nouveau.) Absolument dégoûtant !

Il se penche pour attacher son soulier. La bague qu'il porte au doigt attire mon regard. Grosse et dorée.

— Cette fontaine n'est pas là pour les animaux, ajoute-t-il.

Il a raison. L'usage de cette fontaine est bel et bien réservé aux êtres humains : les mioches de la garderie sont en train de l'utiliser. Pas pour y boire, cependant. Non, ils l'ont transformée en arrosoir. Ils forment un groupe bien ordonné. À tour de rôle, chacun vient arroser les autres. Leurs doigts sont-ils plus propres que la langue d'une chienne ?

— Dégoûtant ! répète l'homme.

Il se redresse lentement et repart, toujours essoufflé. Quelque chose est tombé de sa poche : un morceau de papier tout froissé qui vole au vent. Moi qui déteste les traîneries, je le ramasse et je rattrape le vieillard.

— Hé, excusez-moi, ceci vous appartient. Vous le voulez ?

Voûté comme il est, il se trouve environ à ma hauteur. Il ne regarde pas le papier. Il me regarde en pleine face. Il a la bouche naturellement tombante.

— Garde-le, si tu y tiens tant que ça, dit-il.

Tournant les talons, il repart en soufflant. Je reviens vers Frieda et Sally.

— Où as-tu pris ça ? demande Frieda.

— Le vieil homme l'a laissé échapper, dis-je. Il m'a dit que je pouvais le garder. Quel bougon !

— Qu'est-ce qu'il y a de bougon à donner de l'argent ? demande Frieda.

Je regarde alors avec plus d'attention ce que j'ai pris pour un bout de papier : un billet de cinq dollars. Je ne suis pas habitué à l'argent américain. Il n'est pas très coloré. J'aurais reconnu un billet canadien de cinq dollars d'un coup d'œil, juste à sa couleur bleue. Je cherche l'homme des yeux, mais il s'est fondu dans la foule.

— Qu'est-ce qu'on va faire de cet argent ?

— Il t'a dit de le garder, n'est-ce pas ? dit Frieda. Alors gardons-le. Avec cinq dollars, on peut prendre un taxi jusque chez moi.

Chapitre 6

La meilleure
crème glacée au monde

De nombreux taxis franchissent les entrées du parc, mais j'ai beau leur faire de grands signes, aucun ne daigne s'arrêter pour nous prendre à son bord. Frieda et Sally sont près de moi. Sally a la tête posée sur les genoux de Frieda, qui la flatte et lui tire les oreilles en roucoulant. La chienne tourne la tête de côté et lèche la main de Frieda, puis éternue doucement.

— Le fait est que je n'aurai pas la permission de te garder, murmure Frieda. Jamais maman n'acceptera de vivre avec une chienne dans la maison. Elle serait malheureuse.

— *Tu ne le sais pas,* dit Norbert.

Frieda soupire sans cesser ses caresses. Son ensemble griffé est plus sale qu'il ne l'était il y a une demi-heure.

— Je le sais, affirme-t-elle. Tu peux me croire.

— *Non, toi, crois-moi. Après tout, demain, sur Jupiter, on sera* foidi, *le jour de la confiance.*

— *Foidi* ? dis-je.

Un fauteuil motorisé s'arrête près de nous. Un homme corpulent y est assis. Il a de gros bras, mais pas de jambes. C'est un type amical, qui fait un gros sourire à Frieda et un petit à moi.

— Il devrait arriver d'une minute à l'autre, affirme-t-il.

— Quoi donc ? dis-je.

— Mais l'autobus, voyons. Il longe Central Park Ouest d'un bout à l'autre.

Je n'avais pas remarqué que nous étions à un arrêt d'autobus.

— Oh, dis-je.

Sally tourne autour d'un lampadaire.

— C'est votre chien ? demande l'homme. Devrait être en laisse, vous savez. La plupart des chiens se précipitent dans la circulation et se font passer dessus. La grande ville n'est pas un très bon endroit pour les chiens, à moins qu'ils soient terriblement intelligents.

— Sally est pas mal intelligente, affirme Frieda.

— *C'est ce que tu crois,* dit Norbert. *Ôte-toi de là, Sally. C'est dégoûtant !*

Éberlué, l'homme regarde Frieda, puis Sally. Un autobus s'arrête. Un autobus en apparence normal, mais muni de très grandes portes en son centre. Le chauffeur s'arrange pour qu'elles se trouvent devant nous. Il se produit alors une chose hallucinante : dans un soupir pour évacuer son air, l'autobus – un véhicule de dix tonnes – s'incline vers le bas jusqu'à ce que les portes arrivent au ras du trottoir. Il y a quelque chose de vieux jeu dans ce phénomène. Ça fait penser à un éléphant qui s'agenouille devant un rajah. Puis, les portes s'ouvrent toutes grandes et l'homme corpulent propulse son fauteuil dans l'autobus. Le chauffeur est là pour lui donner un coup de main. Ensuite, il nous fait signe.

Et là, un peu comme dans un rêve, nous montons à bord, nous aussi.

— Vous avez une carte ou vous payez comptant ? crie le chauffeur.

Nous sommes quasiment les seuls passagers. Le gros homme lui montre une carte de plastique.

— C'est trois dollars ! nous dit le chauffeur, qui s'appelle Ted, d'après le nom qui est cousu sur la poche de sa chemise. Pas de ma faute – ce n'est pas moi qui fixe les prix.

Le gros homme se faufile derrière les portes centrales et empoigne la main courante pour se tenir. Je tends mon billet de cinq dollars au chauffeur.

— Je n'ai pas de monnaie, dit-il. Pas de ma faute – on ne me permet pas d'en avoir.

— Moi j'en ai, dit le gros homme.

Il tire quelques billets du porte-monnaie qui est dans sa poche de chemise.

— Allez, passe-moi ce portrait de Lincoln.

Non, mais de quoi il parle ?

— Lincoln ? dis-je, perplexe.

— Le billet de cinq dollars, soupire Frieda. Il y a le portrait d'Abraham Lincoln dessus.

Pas de farce. Je lorgne le billet tout en le tendant. Un type chevelu avec une barbe, ce Lincoln. Je reçois cinq billets de un dollar.

Dessus, il y a un autre type chevelu, mais sans barbe, celui-là. Ted le chauffeur en prend trois et court à l'avant du véhicule.

— Prochain arrêt à la 62e Rue, crie-t-il au-dessus de son épaule.

Je m'assois à côté de Frieda. Une secousse agite l'autobus quand il se met en branle. Frieda dérape vers le gros homme, qui attrape son fauteuil de sa main libre, tandis que Sally pousse un jappement de surprise et se met à glisser à reculons. Derrière nous, les autres chauffeurs appliquent les freins et klaxonnent. Ted agite la main par sa fenêtre ouverte.

— Fichue boîte de vitesses ! s'écrie-t-il. Pas de ma faute !

Le soleil se risque à sortir d'un nuage, comme s'il n'était pas certain que ce soit encore sécuritaire de le faire. On rampe vers le centre-ville dans un concert de klaxons. Le temps passe. Des personnes montent dans l'autobus. D'autres en descendent. Il y en a qui nous dévisagent. D'autres pas. Je commence, tranquillement, à me détendre. Nous voilà partis. Nous arriverons bientôt chez Frieda. Je découvrirai ce qui est arrivé à papa ce matin. J'espère qu'il sera fier de moi. J'espère qu'il aura honte de lui.

Le type corpulent étend la main pour flatter Sally derrière les oreilles.

— J'ai un chien chez moi, dit-il. Un terrier Jack Russel. Je lui apprends des trucs. Toi, ton chien sait-il faire des trucs ?

— Pas vraiment, dit Frieda.

— Mon chouchou peut se rouler sur lui-même quand je le lui commande, et il rattrape une balle. J'essaie en ce moment de lui montrer à japper sur demande. Ton chien n'est peut-être pas aussi intelligent que le mien.

Frieda ne répond pas.

— Parle ! dit l'homme en faisant une chiquenaude devant le nez de Sally.

— 78e Rue ! annonce Ted en engageant l'autobus dans un virage.

Je n'ai pas été très attentif depuis quelques minutes. La dernière intersection que j'ai vue était la 72e. Il suffit de savoir compter pour se débrouiller dans New York. Il y a des édifices de chaque côté de la rue, maintenant, plus petits et, en quelque sorte, plus accueillants que ceux qu'on voyait quelques pâtés auparavant.

— Parle ! répète l'homme.

Sally penche la tête de côté. Norbert pousse un soupir.

— *Qu'est-ce qu'il y a ? Normalement, je n'aime pas me faire interrompre quand je travaille dans le studio. Piero della Francesca n'aimait pas ça, lui non plus.*

Le gros homme agrippe le bras de son fauteuil. Solidement.

— *Bien que... à bien y penser, vous pouvez peut-être m'aider. Le ciel a les cheveux de quelle couleur, aujourd'hui ?*

— Non, mais qu'est-ce...? commence l'homme.

Mais Norbert poursuit :

— *En fait, sur Jupiter, d'où je viens, le ciel est habituellement blond ou brun, selon le temps. Aujourd'hui, par exemple, on aurait une météo châtain foncé, avec des risques de frisettes.*

L'homme dévisage Sally, l'air horrifié.

— *Les instructions disent que mes peintures sont bonnes pour des couleurs d'été. Mais les couleurs d'été, ça s'applique autant aux bracelets de plage qu'aux bouffants de tornade, et à tout ce qu'il y a entre les deux. J'ai même aperçu, pas plus tard que l'an dernier, des tignasses rousses avant la fête du Travail. Dans le temps, on ne voyait jamais de cheveux roux avant l'Action de grâce. Ça doit avoir rapport avec la cosmétologie ou avec le réchauffement de la planète.*

— Mais de quoi parle-t-il ? me demande Frieda.

— Je n'en ai pas la moindre idée.

Le gros homme sort une revue d'une pochette latérale de son fauteuil. Il la tient devant son visage. Les pages tremblent.

L'autobus s'arrête brusquement. La circulation ressemble à une assiette de spaghetti visqueux.

— Hé ! proteste Ted, la tête dans la fenêtre et la main sur le klaxon. Allez, que ça bouge !

Rien ne se passe, sinon que le chauffeur du véhicule voisin lance à Ted un nom injurieux.

— Oh, regarde ! s'écrie Frieda, le doigt pointé derrière nous, plus loin dans la rue.

Elle désigne un restaurant avec terrasse, sur le coin de la rue.

— Je connais cet endroit, dit-elle. On y mange la meilleure crème glacée au monde. Mais… attends donc, ce n'est pas dans Central Park Ouest.

Elle remonte ses lunettes de soleil pour mieux y voir.

— Ce n'est pas Central Park Ouest, dit-elle.

Ted l'entend et se retourne sur son siège.

— Non, on a dû prendre l'avenue Amsterdam, dit-il. Est-ce que je ne l'ai pas annoncé ? Il y a de la construction au bout du parc et la circulation est détournée par ici. Ça explique pourquoi ça va si lentement.

Et pourquoi il y a des édifices des deux côtés de la rue.

— Vous voulez descendre ? demande le chauffeur.

— D'accord, dit Frieda. Viens, Alan.

L'autobus s'agenouille à nouveau. Sally bondit hors du véhicule. J'aide Frieda. La circulation est complètement paralysée. Ted hoche la tête de découragement avant de refermer les portes.

— Quel désastre ! dit-il.

— *Ne vous inquiétez pas,* dit Norbert. *Ce n'est pas de votre faute.*

▲ ▼ ▲

Frieda a raison : c'est la meilleure crème glacée au monde.

Nous sommes assis sur une terrasse, sous un écriteau qui annonce GLACE DE RÊVE. Frieda occupe une chaise de plastique, comme moi. Son fauteuil roulant est garé le long d'une balustrade. Sous la table, Sally se repose en grignotant un biscuit au sucre. Le soleil est sorti, pour l'instant du moins. Il y a encore plein de nuages dans le ciel.

En ajoutant mes deux dollars à la petite monnaie trouvée au fond du sac de Frieda, nous avons eu juste assez d'argent pour commander chacun une boule de crème glacée à la cannelle – la saveur préférée de Frieda. On nous l'a servie dans un bol en argent, avec un gros biscuit au sucre. Je n'avais pas envie de donner le mien à Sally, mais Frieda a insisté.

La serveuse nous a vus faire et elle ressort avec une assiette de biscuits au sucre.

— Pour le toutou, dit-elle, et je remarque qu'elle a les mains ridées.

Je me sens presque heureux – sous l'effet combiné du soleil et de la crème glacée, et du fait que Frieda n'habite plus qu'à quelques pâtés de maisons d'ici. Une distance que nous pouvons facilement franchir à pied.

— Quelle sera leur surprise de me voir avec toi ! dis-je.

Elle tripote une de ses boucles d'oreilles sans répondre.

— Tu es certaine que tu ne veux pas les appeler ? Il y a un téléphone, ici.

Elle hoche la tête.

— J'ai essayé avec mon cellulaire, quand on était à l'aéroport, dit-elle, mais je n'ai jamais pu avoir la ligne. Le lundi, ma mère reçoit les membres de sa société de Toutankhamon. Chez nous, le téléphone ne dérougit jamais le lundi, ajoute-t-elle en grimaçant.

— Toutankhamon, je me souviens de lui, dis-je. C'était un pharaon, pas vrai ? Égyptien, je veux dire. Comme tes boucles d'oreilles.

— Ouais, fait-elle, l'air pas très excitée.

Un camion est stationné dans la rue transversale, tout près de nous. Sans doute était-il blanc quand sa peinture était fraîche. Là, il est plutôt couleur poussière. Un petit camion avec deux portes arrière, grandes ouvertes, d'où descend une longue rampe étroite qui rejoint la rue.

— *Moi aussi, je me rappelle Toutan-khamon,* intervient Norbert. *Mon oncle Nathan m'en a parlé. C'était un petit garçon tannant.*

— Toutankhamon ! s'écrie Frieda, dont l'expression se durcit.

Elle agite ses pieds sous la table. Elle doit se concentrer pour les faire bouger. Sally gémit.

— *Hé ! Attention !*

— Oh, désolée, dit Frieda en se penchant. Est-ce que je t'ai frappée ? Je ne voulais pas te faire mal.

— *Oui, tu m'as frappé.*

— Eh bien, je voulais frapper quelque chose, mais pas toi, dit Frieda en flattant la tête de la chienne. Celle-ci lui lèche la main.

— Que je voudrais donc te garder ! soupire-t-elle. J'aimerais tellement, tellement ça !

Ses lunettes de soleil m'empêchent de lui voir les yeux, mais à l'entendre on jurerait qu'elle a envie de pleurer.

— *C'est peut-être possible,* dit Norbert.

— C'est impossible. Je sais que je ne peux pas. Ma mère déteste les chiens.

— *C'est* vœudi *aujourd'hui,* dit Norbert.

— Lundi, rectifie Frieda.

— *Sur Jupiter, on est* vœudi *le lundi. On ne sait jamais ce qui peut arriver le* vœudi. *On fait un vœu le lundi. Et on a confiance qu'il va se réaliser le mardi. Nérissa et moi, nous nous sommes rencontrés un* vœudi, soupire Norbert.

— Tu ne m'as jamais raconté tout ça avant, dis-je. Quels sont les autres jours de la semaine, sur Jupiter ?

— *Voyons voir… Au début de la semaine, on a* vœudi, foidi *et* repodi. *Puis,* deboudi, verdi, *et* joidi *qui arrivent plus tard.* Peurdi *est une journée malchanceuse ; personne ne l'aime. On ne se marie jamais le* peurdi. *Ça porterait malheur.*

▲ ▼ ▲

— Tu pourrais réessayer de téléphoner chez toi, dis-je à Frieda. Tu aurais peut-être la ligne, cette fois.

Selon maman, c'est impoli d'arriver à l'improviste. Elle déteste quand j'amène un copain à la maison sans prévenir.

— Essaie encore, dis-je. S'il te plaît. Ou laisse un message, tiens. Avez-vous un répondeur ?

Elle me regarde comme si je lui avais demandé s'il y avait des toilettes.

— La mémoire n'enregistre que vingt messages. Après, tu tombes sur une voix qui te dit de raccrocher et de rappeler plus tard.

— Oh.

Je n'arrive pas à imaginer que quelqu'un puisse recevoir vingt messages avant d'avoir eu le temps de rappeler.

— Tu sais quoi, Alan ? Tu es tellement rustre…, fait-elle avec un petit grognement.

— Je… quoi ? Rustre ?

— Tu sais bien, dit-elle en roulant de grands yeux. Cornichon, godiche, plouc !

— Ce sont des insultes que tu me lances là, pas vrai ?

Je veux seulement en être certain.

— *Ne dis pas de sottises. Ce sont des légumes,* intervient Norbert, soudain nostalgique. *Aahh, les légumes de Jupiter ! Je me rappelle avoir bouffé des godiches marinés et des ploucs au beurre quand j'étais un petit reniflard.*

Sally a mangé tous ses biscuits. Elle bâille, montrant des dents ma foi très belles. Frieda rit de bon cœur.

— *Miam ! Que c'était bon ! Et comme plat principal, alors, le mets que j'aime par-dessus tout : la quiche aux cornichons. Ma mère la réussit de façon spectaculaire !*

Norbert renifle bruyamment. Sally éternue. Frieda n'en finit pas de rigoler.

— C'est si bon de voir des jeunes rire ensemble, nous dit la serveuse en s'arrêtant à notre table. Comment avez-vous trouvé la crème glacée ?

— Merveilleuse ! lui dis-je.

— Je t'ai déjà vue ici, dit-elle à Frieda. Une dame d'un certain âge t'accompagne, d'habitude. Mais, sais-tu, je pense que c'est la première fois que je t'entends rire.

Frieda semble gênée.

La serveuse sourit. Elle-même a un certain âge. Des rides lui couvrent tout le visage, du double menton au filet à cheveux. Elle a les jambes arquées. Elle porte un tablier taché. L'espace d'un instant, je pense qu'elle va me pincer les joues. Mais elle me donne plutôt un petit coup de coude sur le bras.

— Elle rit parce qu'elle est avec toi, jeune homme, ha, ha ! Aujourd'hui, elle a laissé sa maman à la maison et toi, tu la fais rire !

À mon tour d'être gêné.

Mais Frieda ne rit plus.

— Je ne viens pas ici avec ma mère, rectifie-t-elle.

La serveuse reprend nos bols et s'éloigne en traînant les pieds.

Deux jeunes passent en planche à roulettes. L'un d'entre eux roule jusqu'au haut de la rampe appuyée au camion qui est stationné tout près. Le roulement sur la rampe de métal produit un bruit de ferraille. Il redescend en ondulant sur ses roulettes. L'autre le regarde en riant.

Ils portent des jeans bouffants, des chapeaux mous et des lunettes de soleil. Leurs chemises volent au vent. Le logo d'une célèbre compagnie de souliers est visible sur la bande élastique de leurs caleçons. Les deux copains repartent le long de la rue, soulevant les roulettes arrière pour se donner plus d'élan.

Je ratatine à l'intérieur de mes propres vêtements.

— Je veux faire comme eux, moi aussi, dit Frieda à brûle-pourpoint.

Elle se lève de table, s'assoit dans son fauteuil roulant et roule au bas de la terrasse jusqu'au trottoir.

— Quoi ? Où vas-tu comme ça ?

Frieda roule jusqu'au coin de la rue et se dirige vers le camion qui y est stationné. Elle s'arrête au pied de la rampe, respire profondément et se propulse vers le haut. Elle réussit à grimper de quelques mètres avant qu'une de ses mains glisse et que le fauteuil redescende au bas de la rampe. Elle secoue la tête et se reprend. Cette fois, elle réussit à gravir la moitié de la rampe, en forçant de plus en plus. Elle ralentit. Ralentit encore. S'arrête.

— Je vais t'aider, dis-je en accourant vers la rampe, prêt à attraper le fauteuil.

— Non, dit-elle en haletant. Tasse-toi !

Je recule d'un pas. Elle enlève ses mains des roues et le fauteuil redescend doucement le long de la rampe jusqu'au trottoir. Elle roule à reculons quelques secondes, puis elle freine. Elle a les mâchoires serrées.

— Allons, Frieda, dis-je. Partons d'ici. On sera chez toi dans quelques minutes.

— Ceci d'abord.

Elle se crache dans les mains et prend quelques bonnes inspirations. Les haltérophiles olympiens ne portent pas de lunettes de soleil pendant les compétitions, mais Frieda a la même expression qu'eux. Concentration. Il y a un record à battre.

Le soleil disparaît derrière un nuage.

Une voiture passe près de nous en klaxonnant. Elle a quelque chose de familier. Sans la remarquer, Frieda se propulse vers l'avant, le corps penché depuis la taille, ses bras faisant tourner les roues inlassablement, à coup de petits élans puissants. Elle accélère.

La voiture recule dans un espace de stationnement de l'autre côté de la rue.

Frieda a presque atteint le haut de la rampe. Elle a la bouche ouverte. Elle halète. Les muscles de ses bras se tordent comme des serpents. Réussira-t-elle ?

J'ai peur qu'elle perde le contrôle en arrivant au haut de la rampe. Je me souviens d'avoir conduit mon vélo sur un raidillon à Port Hope – la localité voisine de Cobourg, où j'habite ; il n'y a pas de côtes à Cobourg. Je devenais de plus en plus fatigué au fur et à mesure que je m'approchais du sommet, les pédales tournaient de moins en moins vite, et puis elles se sont arrêtées complètement. Je n'avais même plus d'énergie pour descendre de ma monture. Je me suis simplement affaissé sur le côté. J'ai failli être heurté par une automobile. Je ne veux pas que ça arrive à Frieda, alors je me précipite sur la rampe, moi aussi, au moment où elle arrive au sommet.

— Oui ! Oui ! jubile-t-elle, en levant le poing de la victoire.

Je ne bouge pas avec la même grâce que Frieda ou que les jeunes planchistes. En courant, je déstabilise la rampe, qui se détache du camion et s'écrase au sol dans un vacarme assourdissant juste comme j'en atteins le haut. Je dois sauter pour entrer dans le camion.

— Oui ! Oui ! Oui !

Frieda jubile encore, le visage luisant de joie et de sueur. Elle ne regarde pas où elle va. Son fauteuil roule de reculons. Ce n'est pas trop haut pour qu'on puisse sauter sur la chaussée, mais c'est hors de question pour

Frieda. Je saisis le dos de son fauteuil et je le retiens de toutes mes forces. Je ne veux pas la voir rouler par-dessus bord.

Le moteur du camion démarre, fait quelques révolutions, puis s'arrête.

Il y a quelqu'un dans la cabine. Je n'ai pourtant entendu personne y entrer. Le moteur redémarre, s'arrête de nouveau.

Deux hommes traversent la rue en se dirigeant vers nous. Sortent-ils de la voiture bleue ? L'un d'eux est avachi, l'autre, maigrichon. Des relents d'eau de Cologne atteignent mes narines.

Oh non ! Non ! Non, non !

— Je n'en reviens pas ! dit Avachi.

Il attrape une des portes arrière et la referme en la claquant. Il y a un verrou tout au bas. Il l'enfonce solidement.

— Après toutes les difficultés qu'on a eues à te retrouver, dit-il à Frieda, d'abord à l'aéroport, puis à essayer de suivre ton taxi...

— Et à reconduire cette vieille dame chez elle, lui rappelle Maigrichon.

— Ouais ! Même pas fichue de nous donner un pourboire décent ! Et là, rien qu'en nous promenant tranquillement dans ton quartier, on te trouve qui nous attend bien sagement. Je n'en reviens pas !

Maigrichon tient l'autre porte, prêt à la refermer.

— Vois-tu comment ce camion est crasseux ? dit-il. Je ne sais pas à qui il appartient, mais son proprio ne doit pas trop s'en préoccuper.

— En ce cas, je suppose qu'il ne sera pas trop fâché qu'on le lui emprunte, enchaîne Avachi.

Il frappe à grands coups sur le côté du camion.

— Allez, ouste, Ron. Je pensais que tu savais comment court-circuiter ces engins-là.

Maigrichon ferme l'autre porte, nous plongeant dans l'obscurité.

Le moteur finit par démarrer. Le camion se met à rouler. Je bascule. Le fauteuil de Frieda culbute.

Quel désastre !

Chapitre 7

Que ferait Norbert?

Il n'y a pas de fenêtres à l'arrière du camion, mais la noirceur n'est pas tout à fait complète. Des rais de lumière filtrent par les ferrures des portes. Assise sur le plancher, Frieda se frotte la main. Son fauteuil est tout près, couché sur le côté. Je lui demande si elle va bien.

Les freins crient. Le camion exécute un virage serré qui me projette contre elle. Le fauteuil passe près de nous, glisse plus loin. La roue supérieure tournoie.

Quelque part dehors un chien jappe.

Nous comprenons au même instant ce que ça veut dire.

— Où est Sally? demande-t-elle.

— Où est Norbert ?

Nous nous tournons l'un vers l'autre dans la pénombre. Je ne sais pas comment c'est pour elle, mais moi, je me sens terriblement seul. Aussi étrange que ça puisse paraître, Norbert représente pour moi un lien avec la réalité. Il a fait partie de mon passé, il a partagé avec moi le monde de maman et de l'école, celui de mes amis Victor et Miranda. Je n'ai guère pensé à Miranda depuis un bout de temps. Elle n'est pas à proprement parler mon « amie de fille », mais c'est une amie, et c'est une fille. Toutefois, me voici dans l'obscurité en compagnie d'une autre fille. Peut-être est-ce pour cela que je pense à Miranda.

— Pauvre Sally !

Est-ce que Frieda pleure ? Le camion entreprend un autre virage, et la voilà qui tombe sur moi. Il y a des tas de trucs idiots qui vous passent par la tête quand vous êtes dans le pétrin. Les cheveux de Frieda sentent bon. Un parfum d'épices.

— Qu'est-ce qu'on va faire ? demande-t-elle.

— Je n'en sais rien.

Le camion s'arrête. J'entends la radio qui joue à l'avant. À plein volume. J'entends les bruits de la circulation : klaxons qui beuglent, freins qui crissent, moteurs qui démarrent et qui vrombissent. Je me faufile tant bien que mal jusqu'à la porte et j'essaie de l'ouvrir de l'intérieur. Je trouve une poignée, que je tire. Rien ne se produit. Je pousse. Rien ne se produit non plus.

Le camion redémarre. Je me rassois près de Frieda. Les cahots de la chaussée nous ballottent pendant quelque temps.

— Es-tu vraiment riche ? dis-je. Est-ce pour ça qu'ils te courent après ?

— Tu es là, toi aussi, me rappelle-t-elle.

— Oui, mais c'est toi qu'ils veulent.

J'essaie de me convaincre que je vais m'en sortir sans problème, même si je sais que rien n'est moins sûr. Je suis un témoin. J'ai vu assez de films pour savoir ce qui arrive aux témoins. J'avale de travers.

— Je pense que nous sommes pas mal riches, dit-elle. Nous avons une maison au bord de l'océan et un bateau. J'adore ce bateau. Papa a promis de m'amener faire de la voile à mon retour. J'espère qu'il ne sera pas trop occupé.

— Mon ami Victor a un voilier. Lui et son père s'inscrivent à des régates le mercredi soir. Ils m'ont amené, une fois. (Je suis tombé par-dessus bord, et Victor s'est moqué de moi pendant des semaines.) On y était pas mal entassés, à trois.

— Un youyou, dit-elle d'un ton qui insinue que les youyous ne valent rien — comme s'ils n'étaient bons que pour les cornichons. Notre voilier est un cotre de quatorze mètres de long, avec un équipage de quatre personnes.

Le camion accélère. Dehors, le bruit diminue d'intensité.

Mon estomac gargouille. Je regarde ma montre. Elle a un bouton qui s'allume, de sorte qu'on peut voir l'heure même dans le noir. Midi quinze. Je repense à la crème glacée. Je regrette de ne pas avoir mangé le biscuit au sucre. Je repense à mon petit déjeuner, tôt ce matin.

Et soudain, une scène se dessine dans ma tête : je vois le comptoir de notre cuisine, avec le beurrier et les miettes de pain, je sens la confiture que je suis en train d'étaler, je savoure l'agréable sensation d'avoir essuyé le couteau sur le bord du pot et de le voir

ressortir tout propre. Mon estomac gargouille
encore une fois et j'avoue :

— J'ai faim.

— Tu as peur.

J'y réfléchis tandis que le camion exécute
un long virage. Le fauteuil roulant glisse.
Et nous aussi.

— J'ai faim et j'ai peur, dis-je.

Frieda ne semble pas avoir peur. Pas de
la même manière que moi. Elle est inquiète
de Sally et quelque chose d'autre la préoccupe – qui n'a rien à voir avec Avachi et
Maigrichon. Et avec Ron, même si nous ne
savons pas qui c'est. Je demande :

— Tu as vu le chauffeur du camion ?
Celui qu'ils appellent Ron ?

— Non.

— Penses-tu qu'ils vont demander une
grosse rançon ?

— Tais-toi.

— Un million de dollars ?

— Tais-toi, je te dis !

J'imagine ma mère en train de ras-
sembler un million de dollars. Mon père
aurait beau contribuer, je ne pense pas
qu'ils y arriveraient. Et là, ils en viendraient
vite aux reproches.

Frieda garde la tête baissée. Ses épaules tremblotent.

— Hé, dis-je, ne pleure pas.

Je n'aurais pas pu mieux trouver. Elle pleure de plus belle. Le camion s'arrête et elle tombe sur le côté.

— Ne t'inquiète pas, lui dis-je. Je suis certain qu'ils trouveront l'argent – ton père est un grand politicien, avec un gros bateau et tout et tout. Oui oui ! Ils vont trouver l'argent, quel que soit le montant.

Je suis franchement minable, là. Les sanglots de Frieda redoublent, elle pleure si fort que je crains qu'elle se blesse. Dans les films, les gens qui pleurent comme ça se font gifler, mais je ne m'y risquerais pas, de peur qu'elle me rende la pareille. Je la soulève, pour que nous soyons assis côte à côte, et je passe mon bras autour de ses épaules. Elle a les épaules larges comme des dormants de chemin de fer.

Ses larmes s'atténuent un peu. Elle bâille.

— Et si... et s'ils ne *veulent pas* payer ? demande-t-elle.

Oh, oh !

— Je sais bien qu'ils ont l'argent, mais supposons qu'ils n'auraient pas envie de le dépenser pour… moi ?

Oh, oh ! Voilà ce qui la tarabuste depuis le début.

— J'ai surpris ma mère qui parlait au téléphone. Elle racontait combien mes opérations coûtaient cher. Elle disait que c'était de l'argent mal dépensé puisque j'étais encore… *cassée*.

Frieda s'éloigne de moi et prend une voix artificielle.

— « Honnêtement, ma chère, tout cet argent, toutes ces opérations pour la faire rafistoler, et cette enfant est encore cassée. Qui pourrait bien finir par s'attacher à elle ? » Voilà ce que maman a dit.

— Ouais, c'est moche.

Le camion freine brusquement. Nous sommes projetés en avant. Le moteur s'éteint. Je n'entends plus de bruits de circulation. La lumière est plus faible qu'avant ; plus faible qu'elle devrait l'être à – je regarde l'heure – midi cinquante. Où sommes-nous donc ? Je frappe sur le côté du camion et j'appelle :

— Allô ? Allô ?

— Du calme, là-dedans ! ordonne une voix haut perchée, si proche de la porte arrière que je sursaute.

Est-ce Ron qui parle ? Cette voix me paraît vaguement familière. Je reste tranquille un instant. Il ne se passe rien. Puis, une pensée étrange se faufile dans ma tête, une pensée qui vient d'avant et d'ailleurs. Une pensée qui vient d'un autre esprit. *Que ferait Norbert ?*

Il y avait une terrible bande de brutes, l'an dernier, à mon école. Moi, j'en avais peur, mais pas Norbert. Et quand il se moquait d'eux et leur criait des noms, j'étais terrifié, tout en sachant très bien que c'était exactement ce qu'il fallait faire. Alors je m'égosille :

— Au secours ! Au-secours-au-secours-au-secours !

— Silence ! Ou alors…

Ron – si c'est bien lui – a l'air préoccupé.

— Ou alors *quoi* ? Vous allez nous emmener en promenade ?

Je cogne à grands coups sur le côté du camion.

— Allez, Frieda ! Fais du bruit. Au secours ! Au secours ! Au secours !

Frieda pousse un hurlement – pas mal réussi – dont l'écho se répercute à l'intérieur du camion. Elle me tient la main. Je n'ai pas d'objection. Deux enfants dans le noir qui crient à pleins poumons.

Encore une fois, Ron nous ordonne de rester tranquilles, mais il gaspille sa salive et son timbre de voix montre bien qu'il le sait. On dirait un prof de français qui essaie de calmer ses élèves, ou un oncle qu'on ne connaît pas beaucoup. Quelqu'un dont on se contrefout. Et Ron est tout seul.

Mais ça, ce n'est déjà plus vrai.

— Qu'est-ce qui se passe ? demande Avachi, dont je reconnaîtrais la voix n'importe où. Y a un problème ?

— Non, répond Ron.

— Tant mieux, dit Avachi.

Frieda en a le souffle coupé. Je me la ferme. Je n'y peux rien, j'ai peur.

Puis j'entends un grondement, semblable au bruit d'une planche à roulettes, et une autre voix qui dit :

— J'ai cru entendre quelque chose.

Ce n'est ni une voix d'enfant, ni une voix d'adulte. Et quel accent ! *J'ai cru entend' queq'chose.*

— Non, dit Ron. C'était nous deux. On parlait.

— On aurait dit un appel au secours, insiste la voix ni d'adulte ni d'enfant.

Unnapèlôscours ! Il me faut un moment pour décoder la phrase.

— Fais de l'air, Junior, dit Avachi. Et n'oublie pas ta voiturette.

Ce n'est donc pas une planche à roulettes. Junior me paraît un peu vieux pour jouer avec une voiturette.

— Z'êtes sûr qu'y a personne qui crie à l'aide ?

— J'ai rien entendu, dit Avachi. T'as entendu quelque chose, toi, Ron ?

— Non, dit Ron.

— Z'êtes ben certain ?

Silence. Je devrais faire du bruit. Je devrais dire quelque chose. C'est ce que ferait Norbert. J'ouvre la bouche, mais il n'en sort que de l'air et rien d'autre.

— Fous le camp, je te dis, reprend Avachi.

— Ouais.

Il n'a pas l'air trop inquiet. Le roulement de la voiturette s'estompe au loin. Une de ses roues grince.

Les portes du camion s'ouvrent. Voilà Avachi avec ses cheveux roux et son eau de Cologne.

— Dehors ! dit-il. Allez, Jones, Ronnie, sortez-les !

Jones est sans doute le vrai nom de l'employé maigrichon du gouvernement. Il a peut-être des superpouvoirs quand il est à l'aéroport, mais ici, il obéit aux ordres d'Avachi.

Des mains se tendent vers nous dans la pénombre. Petites et délicates, aux ongles vernis. Tiens, Ronnie est une femme. J'en oublie ma peur tellement je suis surpris.

— Je me posais déjà des questions, à l'aéroport, dit Frieda d'un air entendu.

— Ron ? dis-je. Ronnie ? Véronica ?

L'agente de bord. Si empressée de s'occuper de nous, je me souviens. Prend-elle soin de tous ses passagers de cette façon ? Ou bénéficions-nous d'un traitement de faveur ?

Ils me tirent hors du camion en premier. Puis, ils soulèvent Frieda – sans ménagement. Je l'attrape juste à temps pour lui éviter une chute. Son ensemble signé est couvert de graisse et de saleté. Elle n'a plus ses lunettes de soleil, ce qui la fait paraître plus jeune.

Je l'aide à s'asseoir par terre, le dos appuyé contre une clôture brisée. On dirait une poupée. Sa tête penche sur le côté. Elle ouvre grand les yeux – des yeux d'un bleu ahurissant. Je ne les avais pas remarqués avant. De la même couleur que ses boucles d'oreilles.

Ses bras musclés s'agitent. On s'attend presque à l'entendre dire : « Maman », ou « J'ai fait pipi » ou « C'est dur, les maths ! »

— Comme ça, on est venus à bout de te sortir de ton fauteuil, dis donc ! se réjouit Avachi. À l'aéroport, tu as trouvé une astuce pour y échapper, hein ? Ah ! Rira bien qui rira le dernier, hein ?

Il rit en effet ! Sa dent en argent jette une faible lueur.

Nous sommes dans une ruelle couverte de détritus. Des gratte-ciel nous cachent le firmament. Au loin, nous entendons très faiblement le brouhaha de la circulation. Maigrichon se tient près de moi.

— Et alors, Ronnie ? demande Avachi au-dessus de son épaule à Véronica, qui est à l'arrière du camion. Tu as trouvé ?

Je ne vois pas ce qu'elle fait, mais j'entends un cliquetis de métal. Le fauteuil de Frieda glisse sur le plancher.

— Vous avez parlé à mes parents? demande celle-ci. Qu'est-ce qu'ils ont dit?

Véronica descend du camion, brandissant un objet enveloppé dans du papier brun. Une odeur me prend au nez et me ramène à un jour d'été de ma plus tendre enfance où mon père avait traité la clôture arrière à la créosote. C'est ce que sentent aussi les dormants de chemin de fer – je me demande si je n'ai pas flairé cette odeur, tantôt. Ce paquet a été soigneusement enveloppé pour résister à l'eau.

— Qu'ont dit mes parents? répète Frieda.

C'est une fille courageuse. Elle a peur de la réponse, mais elle veut savoir.

Les yeux d'Avachi ne quittent pas le paquet brun.

— Je ne leur ai jamais parlé, répond-il.

— Alors, demande-t-elle, le souffle court, pourquoi m'avez-vous kidnappée?

— Kidnappée? dit Maigrichon. Qui a parlé de kidnapping?

— Ce n'est pas kidnapper quelqu'un que d'emprunter un camion dans lequel se cachent deux adolescents, enchaîne Avachi. Et, de toute façon, on se fout bien de toi. C'est le fauteuil qu'on voulait.

Pendant une fraction de seconde, j'ai l'impression que Frieda va se mettre à pleurer.

Véronica développe le paquet avec précaution, puis regarde à l'intérieur.

— La vieille Tête de Faucon est bien là, dit-elle. En un seul morceau. C'est Pas-d'oreille qui va être content !

— Il l'attend à la galerie. Va lui porter, Jones. Il va vouloir la nettoyer avant d'aller faire sa présentation.

Tout en s'adressant à Maigrichon, Avachi nous dévisage.

— Tu abandonneras le camion quelque part quand tu auras fini. Toi, Ronnie, va m'attendre dans la voiture. Je te rejoins tout de suite.

La voiture bleue et son antenne à pompon rose attendent au bout de la ruelle.

— Je vais aller porter la Tête de Faucon à Pas-d'oreille, propose Véronica avec désinvolture.

— Vaut mieux que ce soit Jones. C'est sa galerie, après tout.

Je me demande qui sont Tête de Faucon et Pas-d'oreille. On dirait des bandits de bandes dessinées.

Avachi me pousse vers la clôture où se trouve Frieda. Je m'assois à côté d'elle. Il referme les portes à l'arrière du camion, sans se donner la peine de les verrouiller, cette fois. Je demande :

— Allez-vous sortir le fauteuil de Frieda ? Elle ne peut pas se déplacer sans lui.

— Elle n'avait qu'à ne pas me gifler, répond Avachi en ricanant grossièrement.

La voiture s'éloigne. Je remarque un paquet de cigarettes vide, là tout près, avec le nom LUCKY imprimé sur le côté. Je ne me sens guère chanceux en ce moment.

Avachi s'approche et s'accroupit près de nous. Un gros homme fort et méchant, avec son eau de Cologne à la noix.

— Bon, bien, là, je m'en vais, les jeunes, annonce-t-il. Mais je veux que vous écoutiez bien attentivement ce que j'ai à vous dire.

Il parle sur le ton de la conversation, calmement, et c'est plus épeurant que s'il criait.

— Je veux que ce qui s'est passé ici reste entre nous, d'accord ? Si l'un ou l'autre de vous s'avise d'ouvrir sa grande gueule pour en parler à qui que ce soit, je vous retrouverai et je vous ferai mal. À vous. À votre famille. Et à ton chien, me dit-il.

— Ce n'est pas mon chien ! (Les mots ont fusé avant que je puisse les retenir.) Je n'ai ni chien ni chat. J'ai déjà eu une tortue, appelée Moustache, mais elle s'est faufilée dans les conduites de chauffage.

Avachi ne dit rien. Il me dévisage. Je me la ferme.

— Vous ne m'avez jamais vu, enchaîne-t-il. Vous ne savez pas de quoi j'ai l'air. Vous ne savez pas ce qui est arrivé au fauteuil. Alors, nous sommes d'accord ?

— D'accord, dis-je.

Frieda fait oui de la tête.

— Allez-vous parler à la police ?

— Non, dis-je en chuchotant.

Frieda fait non de la tête.

— Promis ?

— Promis.

— Bien. Maintenant, je veux que vous fermiez les yeux, tous les deux, et que vous comptiez jusqu'à mille. Je vais vous écouter compter. Vous comprenez ?

Les yeux bien fermés, je fais oui et je commence :

— Un, deux, trois, quatre…

— Pas tout de suite, coupe-t-il.

— Désolé, dis-je.

Je l'entends qui s'éloigne.

— Commencez… maintenant, ordonne-t-il.

— Un, deux, trois, quatre, dis-je.

Appuyée contre moi, Frieda frémit. Si elle compte, elle le fait avec une grande discrétion.

— Plus fort, ordonne-t-il, d'un peu plus loin.

— Cinq six sept huit, dis-je. Neuf dix onze douze.

J'en suis à sept cent trente-huit quand j'entends haleter dans mon oreille.

— *Prêt, pas prêt, j'arrive !* dit Norbert.

Chapitre 8

Bird

J'ouvre un œil, lentement, et puis l'autre. La voiture au pompon rose n'est plus là. Il n'y a que nous et les détritus dans la ruelle.

Sally lèche le visage de Frieda, qui l'entoure de ses bras.

— Hé, c'est merveilleux que tu nous aies retrouvés ! dis-je en flattant le dos de la chienne. Bravo, Sally ! Tu as beaucoup de talent comme chien pisteur.

— *Je l'ai aidée,* affirme Norbert d'une voix offensée.

— Eh bien, je te félicite toi aussi, lui dis-je. Alors, vous deux, avez-vous eu bien du mal à nous retrouver ?

— *Oui,* dit Norbert, qui n'explicite pas sa réponse. *Hé, Frieda, où est passé ton fauteuil ?*

— On ne peut pas repartir tout de suite, dis-je. On est censés compter jusqu'à mille.

— *Tout un jeu de cachette qu'on a là !* commente Norbert.

Sommes-nous hors de danger ? Sont-ils partis ? Je me lève, ankylosé d'être resté par terre aussi longtemps. Plus loin, au bout de la ruelle, des véhicules circulent. Une voiture fait un raté qui résonne comme un coup de fusil. Frieda pousse un cri. Je retombe par terre et je ferme les yeux.

— Sept cent trente-neuf, dis-je d'une voix forte. Sept cent quarante. Sept cent quarante et un.

— *Ça suffit, le comptage ! On se croirait en pleine classe de maths.*

Je reste par terre. Il ne se produit rien. Quelques minutes passent. Ça semble idiot de garder les yeux fermés. Je les ouvre juste au moment où un chien tourne le coin au petit trot. La bête s'arrête, puis s'approche de nous en poussant de faibles grognements. Un vrai molosse : brun et noir, torse fier, tête imposante. Un chien dominant. Un empereur parmi les chiens.

Sally bondit loin de Frieda et se dresse de toute sa hauteur. Sa queue, qui se balançait en tous sens comme un éventail, ne bouge plus d'un poil.

— *Oh, non !*

Le molosse s'approche en trottant. Il lui manque une oreille. Il a tous ses crocs, cependant. Il les montre justement. Le poil hérissé, Sally défend son territoire en grognant.

— *Voyons, fille, du calme, là,* dit Norbert. *On ne veut pas d'une autre scène comme celle qu'on a eue avec le caniche en s'en venant ici, pas vrai ?*

Sally grogne. Le molosse lui répond sur le même ton. Je ne pense pas qu'ils soient contents de se voir.

— Penses-tu que cet affreux gros chien va faire mal à Sally ? s'inquiète Frieda.

— Je n'en sais rien.

— Est-ce qu'on ne devrait pas faire quelque chose ? Crier ? S'interposer entre eux ?

— Je ne veux pas m'interposer entre eux, dis-je.

— *Vous savez, quiconque inventera une pastille pour améliorer l'haleine des chiens fera fortune,* commente Norbert. *Hep, le gros, que dirais-tu de reculer hors de portée, si tu vois ce que je veux dire ? Trois ou quatre mètres feraient l'affaire.*

Le molosse penche la tête de côté, sans paraître le moins du monde intimidé. Il a plutôt l'air de se demander à quel moment il va sauter.

— *Bon, alors, comment pourrais-tu bien t'appeler ? Voyons voir — Pitou ? Bubulle ? Non, ce sont des noms trop gentils. Essayons autre chose : Mâchicoulis ? Polémiqueur ? Non, c'est trop difficile à épeler. Oh, là là, j'ai bien peur qu'on doive se rabattre sur les stéréotypes. T'appelles-tu Rex, par hasard ? Hum, faut croire que non. Allons-y avec quelque chose de plus patricien alors. Que dirais-tu de... — non, attends, je l'ai ! César ! Assis, César !* ordonne Norbert.

Et voilà que le chien, qui menaçait Sally il n'y a pas deux secondes, recule et s'assoit.

— *Bon chien. Tu t'appelles donc bel et bien César. Nom idiot, s'il en est.*

Un grognement lui répond.

— *César ! Ce n'est pas un nom de chien. C'est un nom de salade.*

Un jappement, cette fois.

— *Du calme, César !* glousse Norbert. *Du calme, espèce de petit bol à salade ! Du calme, ou je te rajoute de la vinaigrette. Et à propos de manières, personne ne t'a jamais rien appris sur la bave ? Ce n'est pas un comportement obligatoire, tu sais. C'est optionnel. Tu n'es pas obligé de – hé !*

Norbert met fin à sa litanie d'insultes lorsque César bondit tout d'un coup, passe tout droit devant Sally et détale au pas de course. Je me retourne pour voir se dérouler sous mes yeux une scène tout droit tirée d'une comptine de mon enfance. Plus loin dans la ruelle, une chatte file à fond de train, un rat dans la gueule. Y aurait-il du fromage dans la gueule du rat ?

César fonce vers la chatte, qui l'aperçoit au dernier moment. Et hop ! La voilà sur la clôture mais, dans sa panique, elle laisse tomber le rat, qui reste assis là, au beau milieu de la ruelle. Le chien s'immobilise devant le rat, choisit plutôt de courir après la chatte et se rue sur la clôture. Or, la chatte lui échappe et il s'élance à la poursuite du rat, qui disparaît au bout de la ruelle sans demander son reste. Tout le monde est sauf.

Je demande à Norbert :

— Qu'est-ce qui est arrivé, au juste, entre Sally et le caniche, pendant que vous vous en veniez par ici ?

— *Tu ne veux pas le savoir,* répond Norbert.

▲ ▼ ▲

— Pour aller chez moi, dit Frieda, on va devoir se rendre jusqu'à la rue.

Je l'aide à se lever. Elle oscille comme un peuplier au grand vent.

— *Qu'est-il arrivé à son fauteuil ?*

— Ils sont partis avec, dis-je. Et ils nous ont laissés ici.

— *Oh, les canailles ! Attends qu'on raconte tout ça à la police !*

J'accroche le regard de Frieda. Je sais ce qu'elle pense. Je pense la même chose. Pas de police. Motus et bouche cousue.

— Viens, lui dis-je.

Frieda passe son bras autour de mon épaule, et on se met en marche, clopin-clopant.

On progresse lentement. Sally court devant, se retourne, s'arrête. On fait encore quelques pas.

— *Est-ce que c'est le meilleur plan qu'on peut imaginer ?* demande Norbert. *À ce rythme, Frieda sera en âge de voter quand on arrivera chez elle.*

Nous avançons cahin-caha. Je fais trébucher Frieda et je la rattrape juste à temps.

— Excuse-moi, dis-je.

— Ça va, dit-elle.

— Je me suis pris le pied dans ton revers de pantalon. Tu vas devoir envoyer ton ensemble au nettoyage, j'en ai peur.

Elle acquiesce d'un murmure.

C'est assez étrange, mais je pense qu'elle paraît mieux comme elle est maintenant. Plus vraie, en quelque sorte, dans ses vêtements salis et froissés, sans lunettes de soleil ni téléphone cellulaire, et toute échevelée.

— Tu t'imagines ! Véronica qui travaille avec Avachi, dis-je.

— Je sais. Elle qui s'était montrée si serviable avant le vol, avec le fauteuil roulant et tout. Ça me met en colère.

*— Tu n'as pas encore fini de jouer avec ça ?
Jette-moi ça, Sally. Ça pue.*

La chienne tient dans sa gueule le papier brun dans lequel était emballée la Tête de Faucon. Un peu gauchement, je tends la main et je le lui arrache. Je l'enfouis dans ma poche. Par réflexe.

On poursuit notre marche. Je ne m'étais jamais rendu compte à quel point les ruelles peuvent être longues. Je vois la rue, là devant, mais elle ne vient pas à notre rencontre.

On approche d'une intersection : une autre ruelle croise la nôtre. Frieda resserre sa prise autour de mes épaules. Je lui demande comment ça va, mais c'est Norbert qui répond :

— Bien, merci. Vous allez tellement vite que j'ai un peu de mal à vous suivre. Je pense que je vais donner un coup de fil au comité olympique. Des fois qu'il y aurait une ouverture pour le quinze mètres à cloche-pied.

— Et toi, Frieda ?

— Ça va, répond-elle d'une toute petite voix. Assoiffée, peut-être.

— Oh là là, que je regrette donc que tu aies dit ça !

— Toi aussi, hein ?

— Eh bien, dis-je, je ne suis pas inas-soiffé.

— Tu commences à piger, commente-t-elle. Ce n'est pas mal du tout.

Sally s'arrête net tout à coup, ses grandes oreilles de chauve-souris pointées par en avant.

— Quel est ce bruit ? demande Frieda.

Un bruit de roulement se rapproche de nous, avec un crissement toutes les deux secondes. Un des essieux a besoin d'huile. Sally fonce vers l'intersection et revient en courant pour nous faire son rapport.

— *Une voiturette remplie de rebuts,* annonce Norbert.

Le crissement s'intensifie. Nous atten-dons. Un adolescent apparaît au détour, tirant une voiturette. Il est un peu plus gros et plus vieux que moi. Comme les jeunes du centre-ville, il porte un pantalon bouffant, mais le sien est déchiré et n'affiche aucun logo sportif. Des lunettes de soleil lui entourent la tête. Sa casquette plate et sans rebord ressemble à un contenant à sandwich carré posé à l'envers sur sa tête. Elle n'est pas en plastique, cependant. Il y a des éclairs sur son *tee-shirt*.

— Comment ça va ? demande-t-il en souriant.

Je reconnais sa voix.

— Pas mal, dis-je. Tu étais ici tantôt. Nous étions dans le camion.

— Ouais, dit-il avec un accent traînant.

Il ne parle pas d'Avachi qui l'a incité à déguerpir.

Je nous présente, Frieda et moi.

— Et voici Sally, dis-je en désignant le chien.

Il nous dit qu'il s'appelle Boyd, sans préciser si c'est son prénom ou son nom de famille. Il fait un petit salut à chacun de nous, y compris Sally. Pas surpris pour deux sous de nous voir là.

— Salut, Boyd, dis-je.

— Salut, Bird, dit Frieda.

Oupse ! C'est Bird, pas Boyd. C'est sa manière de prononcer son nom. Je rougis.

— *Salut,* dit Norbert.

Bird ne cligne pas des yeux. Il secoue la tête.

— Un chien qui parle, dit-il.

— Belle voiturette, lui dis-je.

— Ouais, dit-il. Je l'ai trouvée à une rue d'ici. Comme mes souliers.

Ses chaussures d'entraînement sont presque neuves. Quand il parle, son regard se perd au loin, comme s'il voyait des choses qui n'y sont pas.

— Hum, Bird, dis-je. On a besoin de ton aide. Frieda ne peut pas marcher. Elle se promène habituellement en fauteuil roulant, mais elle l'a perdu.

Il la regarde.

— Le type roux du camion ? demande-t-il, et elle fait oui de la tête.

— *Et qui sentait l'eau de Cologne,* ajoute Norbert. *N'oublie pas l'eau de Cologne.*

— Drôle de chien qui parle, dit Bird en souriant.

— Est-ce que Frieda pourrait monter dans ta voiturette ? dis-je. Pas pour très longtemps. Seulement jusqu'à ce qu'on…

Je m'interromps alors. J'allais dire « jusqu'à ce qu'on trouve un taxi », mais je me rends compte qu'on n'a pas assez d'argent. On n'en a même pas suffisamment pour téléphoner. On en a à peu près juste assez pour une gorgée d'eau à la fontaine. Bien sûr, il n'y a pas de fontaine dans les parages. Je déglutis.

— Pas pour longtemps, dis-je.

Bird déplace des pièces de métal – des pièces de quoi, au juste : de moteur, de radio, de rouli-roulant ? – pour faire une place à Frieda. Elle s'assoit tant bien que mal, les jambes de biais. Elle s'agrippe fermement aux côtés de la voiturette.

Bird fronce les sourcils et demande :

— Vous allez vouloir monter au centre-ville ? P't-être ben prendre un taxi.

— Peut-être, dis-je.

— Ça coûte cher.

Frieda toussote et ouvre la bouche, mais avant qu'elle puisse dire quoi que ce soit, Bird enchaîne :

— J'ai pas grand argent. C'que j'ai, c'est des bidules. Mais on paye pas un taxi avec des bidules. Les chauffeurs, y veulent du fric. J'ai pas grand-chose à vous donner.

Frieda serre les lèvres.

— Vous savez, j'ai jamais mis les pieds au centre-ville, dit Bird, dont le regard glisse à nouveau vers l'horizon.

— *On est vœudi, aujourd'hui. Viens avec nous,* propose Norbert.

Au bout de la ruelle, on trouve une grosse bouteille d'eau, au sceau encore intact. Des gouttes de condensation perlent sur les côtés. De l'eau en bouteille qui est là à nous attendre. Comme la voiturette de Bird.

Frieda, Bird et moi buvons au goulot. Puis, je verse un peu d'eau dans un contenant de métal trouvé dans la voiturette. Il sent un peu l'huile, mais Sally lape avidement. Je n'en reviens pas à quel point j'ai l'estomac dans les talons. Ça fait sans doute très longtemps que j'ai faim, mais je n'y portais pas attention. Quand on a les cheveux en feu, on se fiche pas mal de courir dans la rue principale en sous-vêtements. Une fois le feu éteint, on se sent tout gêné.

Je marche à côté de la voiturette, en aidant Frieda à tenir dedans. J'ai offert à Bird de la tirer, mais il a refusé.

— C'est ma voiturette, qu'il a dit.

Nous voilà à l'intersection suivante, et bientôt dans la rue. Y a-t-il un pique-nique qui attend quelque part, juste pour nous ? Non, il n'y en a pas.

Ce qu'il y a, c'est une fourgonnette avec une plaque du New Jersey et un pneu à plat. Et, à l'intérieur, une femme découragée qui se tient la tête à deux mains.

On se regroupe autour de sa fenêtre. Sally sautille dans tous les sens.

— On peut vous donner un coup de main ? dis-je à la dame.

Elle porte un fichu et des lunettes de soleil. Elle ne nous a pas sitôt aperçus qu'elle pousse un cri.

Chapitre 9

J'ai jamais mis les pieds ailleurs

À l'aide d'un cric trouvé dans le tas de ferraille qu'il transporte dans sa voiturette, Bird soulève la fourgonnette. En deux temps trois mouvements, il retire le pneu crevé et le remplace par le mini pneu de rechange qu'il a retiré du compartiment de rangement à l'arrière du véhicule – si petit qu'il ressemble à un joujou. Frieda lui passe les outils au fur et à mesure.

Nous sommes dans une rue décorée de nids-de-poule, de regards d'égout et de panneaux d'affichage. De boutiques dont les vitrines sont munies de persiennes, de piétons pressés, de mouettes qui bouffent des ordures. Deux ponts occupent une grande partie du ciel. L'un d'eux flotte dans l'air, on le croirait sur le point de prendre son envol. Plus loin, d'autres gens et d'autres immeubles encore plus imposants. Un paysage dur et trépidant, même avec le pont flottant. Pas un arbre, pas un arbrisseau, pas le moindre brin d'herbe.

Je demande à Bird où nous sommes.

— Chez moi, répond-il en resserrant les boulons.

— Est-ce que tu sais où nous sommes, Norbert ?

— *On est encore sur la Terre, n'est-ce pas ? L'écriteau, là-bas, indique* MARKET STREET.

— Ah, oui ?

J'espérais vaguement que ce serait une artère célèbre, comme Broadway ou Fifth Avenue. Nous avons une rue qui s'appelle Market Street à Cobourg, juste derrière Victoria Hall. Le samedi matin, les fermiers vont y vendre leurs produits, à même l'arrière de leurs camionnettes, et on peut acheter de délicieuses saucisses. De bons légumes, également, selon ma mère, mais les légumes, qui s'en préoccupe, n'est-ce pas ? Les meilleurs choux de Bruxelles du monde ont tout de même un goût exécrable.

Je demande à Frieda si elle connaît cette rue, Market Street.

Elle fait une moue d'indifférence.

— C'est dans Lower East Side, n'est-ce pas ? dit-elle. Je ne suis jamais descendue ici auparavant.

— Et moi, j'ai jamais mis les pieds ailleurs, rétorque Bird en souriant.

La dame de la fourgonnette commence à se montrer plus chaleureuse avec nous. Elle nous envoie de temps en temps de petits signes de la main. Dès que le pneu de rechange est installé et les boulons resserrés, elle repart en nous saluant. Je suis déçu, sans trop savoir pourquoi. Frieda est déprimée, elle aussi. Bird semble prendre la chose avec philosophie. Il saisit la poignée de la voi-turette et se remet à marcher.

Norbert, cependant, n'a rien d'un philosophe.

— *C'est comme ça qu'elle nous remercie ?*

Je ne peux résister.

— Nous ? lui dis-je. Et qu'est-ce que tu as fait, toi ?

— *J'espère qu'elle va rouler sur du verre brisé,* dit-il au moment où la fourgonnette tourne le coin. *Ou sur des clous géants. Oui, qu'elle roule sur des clous et qu'elle pète ses quatre pneus en même temps ! Qu'elle se fasse coller une contravention pour excès de vitesse ! Je n'ai jamais vu un tel égoïsme, une telle étroitesse d'esprit. Elle vient du New Jersey, n'est-ce pas ? C'est typique. Je l'ai deviné dès le premier instant où je l'ai vue, avec ses petits yeux de fouine. Tout ce qui vient du New Jersey est petit. Petits yeux, petites oreilles et petit cœur de rien du tout.*

Un timide coup de klaxon l'interrompt. La fourgonnette est de retour. La dame a dû faire le tour du pâté de maisons pour revenir vers nous. Elle ouvre la portière en actionnant un bouton du côté du chauffeur. Elle nous fait un petit sourire d'excuse – on dirait un chiot qui se serait oublié sur le tapis du salon. Elle offre de nous conduire là où nous le voulons.

Nous la remercions les uns après les autres, comme des perroquets. Même Norbert murmure quelque chose. La dame nous remercie d'avoir changé son pneu et s'excuse de ses mauvaises manières.

— C'est juste que ça me terrifie de rouler dans la grande ville. J'y viens habituellement avec mon mari, mais il est en voyage d'affaires. C'est la première fois que je m'aventure ici toute seule. Je me suis perdue à la sortie de Manhattan Bridge et j'ai eu cette crevaison. Une fois mon pneu changé, je n'avais qu'une idée : trouver le Holland Tunnel et rentrer chez moi. C'est pour ça que je suis partie aussi vite, mais j'avais trop honte pour poursuivre mon chemin.

— *Ah ! Le New Jersey,* s'exclame Norbert. *L'État de la générosité.*

Elle nous dévisage en plissant le front, incapable de deviner à qui appartient la voix.

— Je pense que nous appelons notre État *Garden State,* dit-elle. L'État jardin.

— *La générosité est une plante qui devrait se retrouver dans tous les jardins,* rétorque Norbert.

Bird et moi soulevons Frieda et l'installons sur le siège du milieu.

— Oh, chérie, je n'avais pas remarqué que tu étais blessée, dit la dame.

— Je ne suis pas blessée, rectifie Frieda.

On case la voiturette de Bird dans l'espace vide le long de la portière latérale. Il grimpe ensuite sur le siège du passager. La dame du New Jersey semble nerveuse d'avoir à ses côtés un adolescent en guenilles. Je m'assois près de Frieda et Sally saute à l'arrière.

Frieda donne son adresse, dans la 84e Rue Ouest – la destination que nous visons depuis déjà quatre heures. La dame du New Jersey demande comment s'y rendre. Frieda n'en sait rien.

— Comment ça ? dis-je. Mais c'est là que tu habites !

— Je sais que c'est quelque part du côté ouest de Central Park. Mais je n'ai jamais eu besoin de m'y rendre toute seule à partir d'ici. La plupart du temps, on me conduit en voiture.

Elle dit cela en regardant ses jambes.

— Désolé, lui dis-je.

— Et toi, alors ? me demande la dame du New Jersey. Tu ne connais pas le chemin ?

— Non, désolé.

— Ne vous en faites pas, il passe son temps à s'excuser, intervient Frieda. Il vient du Canada.

Naturellement, Bird ne peut pas nous aider, lui qui n'a jamais quitté le quartier.

— Central Park est queq'part par là, fait-il en indiquant une vague direction.

Ironique, non ? La fourgonnette est remplie de monde, et personne ne sait comment se rendre là où nous voulons aller.

— Je viens du New Jersey, explique notre conductrice. Je ne serais pas ici si ma sœur n'avait pas fini par demander le divorce à son bon à rien de mari, et si elle n'avait pas eu besoin d'une épaule pour s'épancher.

— Central Park est le plus grand espace vert urbain au monde, dit Frieda.

— En ce cas, nous serons peut-être capables de le trouver, rétorque la dame en mettant le moteur en marche. Si nous allons trop loin, nous te ramènerons chez toi au Canada, me dit-elle.

Elle a les cheveux foncés et luisants, et les yeux globuleux. Elle est tout de vert vêtue, ou presque. Elle ressemble à une grenouille inquiète.

— Et je vous en prie, les enfants, ajoute-t-elle, gardez l'œil ouvert pour trouver une station-service. Le pneu de rechange n'est qu'une solution temporaire.

▲ ▼ ▲

— Ainsi donc, on est sur Park Avenue, dis-je. Reste à savoir quand on arrivera au parc lui-même.

Ça fait une quinzaine de minutes que nous roulons sur cette artère.

— Je n'en sais rien, dit la dame, dont le nom est madame Amboy.

Elle conduit lentement au milieu des limousines, des taxis jaunes et des autobus, qui constituent le plus gros de la circulation. Nous voyons toutes sortes de feux arrière à mesure que les véhicules nous dépassent. Je regarde droit devant. Des agglomérations et des agglomérations d'édifices en hauteur qui effacent tout le ciel sauf une étroite bande bleue. Il nous a semblé que Park Avenue était la bonne voie à emprunter. Nous nous y sommes engagés au niveau de la 15e ou de la 16e Rue, et nous voilà rendus à la 65e sans que le moindre parc se soit encore manifesté. Remarquez que nous avons aussi traversé Canal Street et Mulberry Street sans voir ni eau ni fruit.

— Tournez par là, indique soudain Frieda en voyant une flèche pointant vers la gauche. Je suis déjà passée ici.

Et nous voilà bientôt sur une voie qui passe au cœur de Central Park. Le long du parc, je reconnais une rue que nous avons prise pendant notre randonnée dans l'autobus de Ted. Nous devons être près du but.

— Continuez dans cette direction, dit Frieda, puis tournez à droite au prochain carrefour. Il y a de la construction dans Central Park Ouest.

— Ah, ouais, dis-je.

Dix minutes plus tard, nous arrivons devant la maison de Frieda.

En fait, nous sommes à quatre maisons de chez elle, dans le seul espace de stationnement disponible de tout le pâté.

— C'est ici que tu habites ? demande madame Amboy à Frieda.

— Oui.

— Une authentique maison en pierres brunes de Manhattan, admire-t-elle. Ces fameux *brownstones* ! Il faut que je dise ça à mon mari.

— Oui, dit Frieda.

Elle n'écoute pas vraiment, j'en suis sûr. Son regard soucieux fait la navette entre sa maison et Sally.

Je ne comprends pas pourquoi madame Amboy est si excitée de voir ces maisons. D'abord, les pierres ne sont pas brunes – plus maintenant – mais grises, sales et tachées de suie. Qu'est-ce que ces maisons ont donc de si impressionnant ? Ce ne sont que de vieilles constructions sans cour avant dans une rue bruyante. Un élève de ma classe habite dans une maison comme ça – et nous avons pitié de lui. Celle de Frieda est munie d'une rampe en zigzag menant à la porte.

Sally saute de la fourgonnette et disparaît derrière une voiture dont deux des roues sont garées sur le trottoir. Nous remercions madame Amboy une dernière fois et nous descendons. Elle nous fait un signe de la main, verrouille la portière dans un clic de bouton et s'éloigne. Le flot des voitures plus rapides se sépare pour la dépasser, comme un torrent autour d'une grosse pierre.

Ouf! On a réussi! On y est enfin! Je pourrais m'évanouir de soulagement.

Frieda semble soucieuse.

— Alan, dit-elle. Il nous faut un plan.

— Pourquoi donc? On est chez toi. Tu habites ici. Je peux téléphoner à mon père. On est en sécurité, non?

— En sécurité? J'imagine que oui. C'est pour Sally qu'il faut un plan. Ma mère va grimper dans les rideaux si j'amène un chien à la maison. Il faut trouver une façon de la cacher.

— Ah.

— Il faut décider d'abord si on en parle à Béatrice, ma nounou.

Je réfléchis une minute.

— C'est elle qui devait venir te chercher à l'aéroport?

— Hmm mmm.

— Et je suppose que c'est elle, la dame d'un certain âge qui t'amène manger de la crème glacée?

Frieda fait oui de la tête.

— Alors ne lui parle pas de Sally.

— Et pourquoi pas?

— Parce qu'elle ne te fait pas rire. Un secret comme celui-là, c'est pour les gens qui te font rire.

Elle fronce les sourcils.

— Pas mal du tout, dit-elle. Tu n'es pas toujours aussi stupide que tu en as l'air, gamin… je veux dire, Alan.

— Hum… merci.

— Mais qu'est-ce que je vais faire ? Je voudrais… oh, que je voudrais *donc* la garder !

Sally rampe jusqu'à la voiturette et pose la tête sur les genoux de Frieda. Frieda l'entoure de ses bras et la serre très fort.

Je demande à Norbert :

— Où étais-tu ? Qu'y avait-il de si excitant derrière cette voiture-là ?

— *Une borne-fontaine,* répond Norbert, sèchement.

Debout au milieu du trottoir, Bird n'a pas les yeux assez grands pour tout voir. La rue est plus propre que celle où il se tient d'habitude, les bâtisses, mieux entretenues, les voitures, plus belles. Mais la même vapeur s'échappe des regards d'égout.

Le regard de Frieda quitte Sally pour se poser sur moi.

— Qu'est-ce qu'on fait ?

Voilà ce qui angoisse cette fille au visage sale et aux vêtements déchirés, assise dans une voiturette remplie de camelote.

Ma réponse n'en est pas une :

— Attendons. On verra bien.

— Penses-tu que toi, tu pourrais cacher Sally dans la maison ? me demande-t-elle. Hé ! Voilà une idée ! Je détourne l'attention de Béatrice pendant que toi, tu trouves une cachette.

— Moi ?

— Ma mère sera dans le salon avec sa société de Toutankhamon. N'essaie pas de la cacher là. Ni dans la cuisine, où Béatrice se tient habituellement. Essaie dans ma chambre.

— Moi ?

— Oui, la meilleure cachette serait ma chambre. C'est la troisième, non, la quatrième porte à gauche. Mais ne fais pas de bruit, hein ?

— C'est encore de moi que tu parles ?

— Parfois, tu es vraiment aussi stupide que tu en as l'air, dit-elle, fâchée.

Bird se dirige vers la rampe en tirant la voiturette.

— Ça va ? demande-t-il à Frieda.

— Très bien, répond-elle, la bouche serrée en une ligne très mince.

La femme qui vient ouvrir est petite, grassouillette, et elle pleure de joie. Elle porte un tablier sur des vêtements très simples de couleur foncée, et elle sent l'encaustique. J'en conclus que ce n'est pas la maman de Frieda.

— Oh ! *MadredeDio !* s'écrie-t-elle en ramassant les mots en un seul et en frottant ses petites mains gercées. C'est toi, ma petite.

Elle accourt vers Frieda et se penche pour l'embrasser. Elle ne nous voit même pas, ni moi, ni la chienne, ni Bird et sa voiturette crasseuse.

Malgré la mission délicate que Frieda m'a confiée (cacher Sally) et même si ce n'est pas moi qu'on embrasse, je me surprends à me détendre un peu. Pour le moment, nous sommes hors de danger.

— *Pst, Dingwall. Allons-y !*

Norbert sait ce que j'ai à faire.

La nounou pleure encore sur les épaules de Frieda, qui me fait des signes véhéments dans son dos. Bird observe la scène, la bouche fendue jusqu'aux oreilles. J'attrape la chienne et j'entre dans la maison.

Je me retrouve dans un grand hall carré décoré de fleurs, de statues et de boiseries, où flotte un doux parfum d'encens. Un escalier à gauche. Des voix venant d'un peu plus loin à droite. Devant moi, un couloir au plafond très haut. Je n'ai pas grand temps. Je file le long du couloir en comptant les portes. J'ai l'impression de jouer les voleurs ou les agents secrets. La quatrième pièce, assez grande, est munie de deux portes vitrées. J'ouvre et Sally me court-circuite pour y pénétrer la première.

Ce n'est certainement pas une chambre à coucher – trop de chaises et pas de lit. Un mur entier tapissé de livres. Une table de marbre au centre, avec des chaises tout autour et une énorme jardinière en pierre au milieu. Au mur, une photographie du Sphinx.

La senteur d'encens s'accentue. Des volutes parfumées s'élèvent d'un bidule posé par terre. La lumière est tamisée. Les draperies sont fermées.

Je cherche Sally des yeux, mais elle est partie. Je retourne dans le couloir. Elle n'est pas là non plus. Je siffle entre mes dents :

— Sally ! (C'est un bon nom à siffler entre ses dents). Norbert, où es-tu ?

Pas de réponse.

Bon, on m'avait dit de cacher la chienne, et c'est fait ! J'entends des voix dans le hall d'entrée. Je ferais mieux de déguerpir.

Béatrice a les mains sur les hanches. De larges sourcils veloutés entourent ses yeux humides, remplis de sollicitude. Son rouge à lèvres est tout barbouillé. Elle en a mis sur les joues de Frieda, qui s'essuie de son mieux.

— Mais comment as-tu fait pour arriver jusqu'ici ? demande Béatrice. Ton avion a atterri plus tôt que prévu ? Tu es toute débraillée ! Et puis, où donc… mais enfin, où est passé ton fauteuil ?

Elle secoue la tête, ne comprenant strictement rien à la situation.

— Plus tôt que prévu ? dis-je en me joignant au groupe. Que voulez-vous dire ? L'avion n'était pas en avance. Il est arrivé pile.

Béatrice me dévisage sans me voir, puis se retourne vers Frieda.

— Tu es saine et sauve ? Tu vas bien ? Dis-moi que tu es saine et sauve et que tu vas bien.

Dans les yeux noirs de Béatrice, les larmes ressemblent à de la mélasse.

— Ça va, assure Frieda.

— Tu en es bien certaine, mon petit trésor ?

— Bien sûr que j'en suis certaine. Je suis rentrée à la maison, pas vrai ?

Chapitre 10

Comme Bruce Willis

Béatrice fouille dans un grand placard donnant sur le hall (quelle belle cachette ç'aurait été pour Sally si je l'avais vu!) et en sort un fauteuil roulant – semblable à l'autre, mais légèrement plus petit. Frieda respire à fond et tourne ses jambes sur le côté de la voiturette. Béatrice l'installe dans le fauteuil avec l'aisance acquise par une longue habitude.

— Tiens, tiens, regarde qui est à la maison!

C'est la maman de Frieda qui vient de parler. Ainsi encadrée dans la porte, une main sur la hanche et l'autre pendante, elle est saisissante avec sa tête un peu pointue qui penche d'un côté. Plus grande que mon père, coiffée d'un chapeau en forme de ruche qui la fait paraître plus grande encore et drapée dans un bizarre accoutrement noir qui lui descend jusqu'aux chevilles, elle ressemble étrangement à la méchante belle-mère de Blanche-Neige. Elle exhale le doux parfum d'encens de tout à l'heure.

— Frieda, ma chère, dit-elle d'une voix rauque, plutôt grave pour une femme. Nous ne t'attendions pas si tôt. J'ai bien peur que tu aies choisi une heure incongrue pour rentrer. La société Toutankhamon est sur le point d'ouvrir sa réunion.

— Ouais, dit Frieda. (Sa voix paraît faible, comme voilée.) Et pourtant, me voici !

Madame Miller bouge la tête très lentement jusqu'à ce que son autre profil nous apparaisse.

— Et à quoi t'es-tu donc amusée ? Tu es très sale, ma chère. Tu vas devoir te changer immédiatement. Et vous, les garçons, vous êtes des connaissances de Frieda ? nous demande-t-elle, à Bird et à moi.

— Ben oui ! répond Bird, en retirant ses lunettes de soleil pour lui sourire.

— Oui, madame, dis-je. Nous nous sommes rencontrés dans…

Mais elle m'interrompt :

— Je dois vraiment y aller. Le professeur Malchus va commencer sa causerie dès qu'il aura fini de manger. Le pauvre homme est arrivé en retard. Il a en sa possession un artéfact tout à fait unique dont il va nous parler. Apparemment, cet objet vient appuyer une théorie qu'il a… Oui, ma chère ?

— Maman, on a faim, dit Frieda. On n'a pas encore dîné.

Madame Miller soupire dramatiquement et porte le bras à son front.

— Soit ! Mais je vous en prie, préparez votre casse-croûte le plus discrètement possible et mangez dans la cuisine. Frieda, ma chère, je suis *tellement* contente de te voir.

Elle fait demi-tour et s'éloigne dans le hall à grands pas pressés. Puis, elle entre dans la pièce d'où proviennent les autres voix. Frieda ouvre la bouche pour la rappeler, puis se ravise. Je sympathise avec elle. Ma mère n'a guère de temps à me consacrer, elle non plus.

Je demande à Frieda en chuchotant :

— Qu'est-ce que ta mère voulait dire quand elle a dit qu'elle ne t'attendait pas si tôt ?

Frieda a un geste d'indifférence.

— Entrez, dit Béatrice. Venez, tous les trois. Vous devez être affamés ! Par ici, la cuisine.

Elle nous guide le long du corridor. Frieda fait rouler son fauteuil elle-même.

— Où as-tu caché Sally ? me glisse-t-elle tout bas.

— Je n'en sais rien, dis-je en haussant les épaules.

Un grondement menaçant se fait entendre au dehors. Du tonnerre !

Je tente à nouveau de joindre mon père pendant que Béatrice prépare le dîner.

— Service du marketing, bureau de M. Dingwall, répond la secrétaire d'une voix calme, efficace et pas très intéressée.

— Bonjour. Ici Alan Dingwall, le fils de M. Dingwall.

— Bonjour, Alan. Que puis-je faire pour toi ?

— Eh bien, j'espérais que vous pourriez me dire où est mon père.

— Ton père est en réunion en ce moment, Alan. Avec des clients très importants. Il sera désolé d'avoir manqué ton appel. Je sais qu'il a hâte de te voir, plus tard aujourd'hui.

— Plus tard ?

— C'est ce qu'il a dit. C'est bien aujourd'hui que tu arrives, n'est-ce pas ? Se serait-il trompé de date ?

— Non, non. C'est bien aujourd'hui. Je veux dire, je suis là, aujourd'hui.

— Bien. Je lui dirai que tu as appelé, d'accord, Alan ? Et il te verra plus tard.

— Hmm, dis-je.

— Alors, salut, dit-elle en coupant la communication.

Je raccroche. J'ignore ce que je dois faire.

Je suis complètement livré à moi-même et je n'aime pas ça. Je voudrais bien que ça me plaise. Je devrais en profiter au maximum, je devrais m'amuser davantage. Je passe mon temps à supplier ma mère de me laisser faire plus de choses par moi-même, et me voilà tout à coup au beau milieu d'une véritable aventure, et tout ce que je souhaite, c'est rentrer à la maison.

Pourquoi ne suis-je pas plus courageux, plus fonceur ? Ça paraît tellement facile dans les films.

Le téléphone de la cuisine occupe une niche où se trouve un miroir. Je me regarde attentivement. J'essaie de soulever les sourcils à la manière de Bruce Willis. Je n'y arrive pas tout à fait.

— Le dîner est prêt, annonce Béatrice.

Il y a un couvert pour moi à la table : napperon, verre de lait et assiette de sandwiches.

— Merci beaucoup, dis-je à Béatrice, et elle sourit.

Je croque dans le sandwich – viande épicée et fromage fort dans un petit pain croûté. C'est vraiment bon.

▲ ▼ ▲

Pourquoi ne puis-je pas être davantage comme Bruce Willis ? Mes séquences préférées dans les films d'aventures dont il est le héros, c'est quand, après avoir traversé une inondation, un incendie et une avalanche de verre volant, il finit par régler le cas de tous les brigands, et qu'il change de chemise tout en marchant le long de la rue pour aller embrasser sa femme ou sa blonde. Quand celle-ci lui demande comment s'est passée sa journée, il fronce un sourcil en répondant : « Bof, la petite routine ! » ou encore : « Je ne me suis pas trop ennuyé. » J'adore ce genre de répliques. Il a beau avoir fait des pieds et des mains pour sauver le monde, il ne veut pas en faire tout un plat. Il n'est tellement pas inintéressant, ce type. Encore moins inintéressant que ces jeunes qui roulaient en planche à roulettes.

▲ ▼ ▲

J'avale trois sandwiches, deux verres de lait et une quantité impressionnante de pâtisseries frites que Béatrice appelle des *cannoli*. Bird gobe pas mal de bouffe, lui aussi.

Frieda raconte nos aventures du matin à Béatrice, qui hoche la tête et passe ses commentaires en… en italien, je pense. Je ne connais pas la langue, mais Béatrice n'est pas difficile à suivre. Elle lance des expressions qui sont sûrement l'équivalent italien de *Sainte Bénite ! Mais c'est épouvantable !* et *Oh ! Ma pauvre pitchounette !*

Bird montre du doigt le dernier *cannoli.*

— Tu le veux ? me demande-t-il.

— Non, prends-le.

— Ça va, toi ?

— Moi ? Mais oui, dis-je avec toute l'ardeur dont je suis capable. Je vais très bien.

— T'as pas l'air bien, dit Bird.

Je soupire. Je ne me sens pas bien. Maman avait raison à propos de papa. Peut-être avait-elle raison à mon sujet, également. Peut-être ne suis-je pas prêt à assumer autant d'autonomie.

Frieda se retire pour se changer. Béatrice débarrasse la table et dépose les assiettes sales dans le lave-vaisselle. Bird et moi allons regarder dehors par la grande fenêtre de la cuisine. Le ciel se couvre. Un gros nuage gris passe devant nous. On dirait un avion s'apprêtant à atterrir. Cette pensée me donne la chair de poule. J'en profite pour faire une chose que je veux faire depuis un moment.

— À propos, Bird, euh… je veux te remercier de nous avoir aidés.

Son regard ne quitte pas la fenêtre.

— C'était gentil à toi de laisser Frieda se servir de ta voiturette. Et de changer le pneu de la dame. Sans toi, on ne serait jamais arrivés ici. Merci.

— Pas d'quoi, répond-il avec son accent bien à lui.

Mais non, pas d'quoi. Bof, la petite routine ! Je l'observe attentivement, remarquant pour la première fois la cicatrice sur son avant-bras. Une coupure qui guérit bien proprement – tissu cicatriciel frais et blanc, un peu ridé.

— Ne t'inquiète pas pour ton retour là-bas, lui dis-je.

Il ne répond pas.

— Je suis certain que les parents de Frieda s'arrangeront pour que tu rentres chez toi. Tu auras peut-être même la chance de faire un tour de taxi.

Son regard erre au loin. Une larme se forme au coin de son œil, tombe sur sa joue. Il ne dit rien.

Frieda roule son fauteuil dans la cuisine. Elle arbore un jean, un chemisier boutonné et des sourcils froncés.

— Sally n'est pas dans ma chambre, chuchote-t-elle. J'ai regardé partout et je ne l'ai pas trouvée !

— Je ne sais pas où elle est, moi non plus, lui dis-je. Je l'ai laissée dans la pièce aux portes vitrées.

Elle a un haut-le-corps.

— Dans la bibliothèque ? Je viens juste de passer à côté. C'est là qu'a lieu la réunion de la société Toutankhamon.

Je pense à l'encens. Et à la jardinière en pierre, aussi grande qu'une baignoire. Et au portrait du Sphinx.

— Oh ! dis-je.

Un cri déchire le silence – un hurlement aigu qui se répercute comme un écho sans fin.

Chapitre 11

Le messager d'Anubis

Les portes vitrées sont ouvertes. On a allumé toutes les lumières de la bibliothèque. Une étrange musique joue en sourdine. Nous sommes dans le corridor et nous regardons ce qui se passe.

La pièce est remplie de gens bien habillés. Des dames en chapeau et des hommes en complet, tous assis autour de la table de marbre, sauf deux : un homme pas très grand, aux cheveux noirs et aux yeux assortis, debout à côté d'un chevalet ; et une femme corpulente aux cheveux pourpres et aux lèvres assorties, affalée contre les rayons de livres, la main sur la bouche.

C'est elle qui crie.

— Là-dedans ! indique-t-elle, un ongle pourpre pointé vers la jardinière du centre de la table.

Les fleurs débordent du pot, et il y a un pin miniature qui surmonte l'ensemble, comme le mât d'un petit bateau. Très décoratif. Je remarque l'écriture pictographique sur les flancs de la jardinière.

— Anubis ! s'écrie-t-elle. Je l'ai vu – aussi grand que nature !

J'ai suivi un cours sur l'Égypte ancienne, l'année dernière. Je sais donc qu'on appelle *hiéroglyphes* cette écriture en images, et que la jardinière est, en fait, un sarcophage – une sorte de cercueil.

— Vraiment ? s'étonne le petit homme debout près du chevalet.

Son épaisse chevelure noire lui tombe sur les épaules. Pour le reste, il est court, mince et pâle.

— Vraiment ? La pierre de Rosette fait état de certaines visitations divines, dit-il avec un accent tout droit sorti des séries dramatiques présentées à la télé. Et il existe, sur la côte Ouest, un groupe qui affirme communiquer régulièrement avec le dieu

Thot. Racontez-moi ce que vous venez de voir !

Il se penche vers elle, les yeux grands ouverts, le corps vibrant d'intérêt.

Ce pourrait être une réunion à l'école, et même une cérémonie à l'église. Il règne une atmosphère de mystère. L'encens y est pour quelque chose. La musique aussi – des gammes où il manque des notes, qu'on croirait jouées sur des bouteilles de boisson gazeuse et des boîtes de conserve.

— Je vous assure que je l'ai vu ! affirme la femme pourpre.

Elle semble terrorisée, mais en même temps terriblement excitée. Ce n'est pas vraiment le genre de scène qu'on voit aux réunions d'école ; et pas très souvent à l'église, non plus.

— Chut ! Écoutez bien !

Même moi, j'entends un grattement irrégulier par-dessus la musique. On dirait qu'il provient de l'*intérieur* du sarcophage.

Les lumières vacillent. Un coup de tonnerre éclate dehors. Tout le monde sursaute.

Il y a de l'énergie dans la pièce ; je la sens. Les draperies fermées nous isolent de l'extérieur. J'entends la pluie qui bat contre la fenêtre.

À côté de moi, Bird sourit. Je lui demande tout bas :

— Peux-tu croire tout ce qui arrive ?

— Ben oui ! dit-il.

J'essaie de me rappeler qui est ce dieu, Anubis. Je pense que c'est celui qui a les oreilles pointues et le nez long. Mais il n'existe pas vraiment, n'est-ce pas ? Enfin, est-ce qu'il peut exister pour vrai ? L'Égypte ancienne, c'était il y a cinq mille ans. On a appris tout ça dans notre cours d'histoire, juste avant la Grèce antique. Si Anubis existe pour vrai, est-ce que ça veut dire que Zeus ou Athéna existent, eux aussi ?

Je trimballe mon incertitude comme une poche de roches. On entend un nouveau grattement, qui se prolonge, celui-là. Et voilà qu'une tête apparaît au-dessus du rebord du sarcophage. Comme celle d'Anubis, elle a des oreilles pointues et un long nez. Ainsi qu'une langue rose.

— Le voilà ! hurle la femme pourpre.

L'effet est électrisant. Des cris et des exclamations. La femme aux cheveux pourpres braque un doigt triomphant. Une autre se couvre le visage de ses mains. Le conférencier a le regard rivé sur l'apparition, comme s'il voulait l'avaler avec ses yeux noirs. Un gros homme assis à l'autre bout de la table s'évanouit et s'effondre. Heureusement que le tapis est moelleux.

Pas besoin de vous dire que je ne ressens rien de toute cette excitation. Dès l'instant où j'ai vu la créature mystérieuse, tout s'est éclairé dans ma tête. Le tonnerre n'est que du tonnerre. Mes inquiétudes s'envolent. Et quand l'apparition se met à parler, je combats un irrésistible fou rire.

— *Est-ce qu'il fait chaud, ici dedans, ou est-ce seulement moi qui ai chaud ? Et qu'est-ce que ça sent, donc ? Sur Jupiter, on prend ça au sérieux, les odeurs. Faire brûler ces substances pourrait vous attirer des problèmes.*

Frieda pousse un petit couinement de bonheur. Elle roule son fauteuil jusque dans la pièce. Bird et moi, nous la suivons.

— C'est un chien qui parle, dit Bird.

Mais personne ne nous porte la moindre attention.

— Qu'est-ce que je vous disais ! s'écrie la dame aux cheveux, aux ongles et aux lèvres pourpres.

Des exclamations éclatent comme des bulles dans une boisson gazeuse.

— Aidez-nous, professeur Malchus ! supplie la dame.

Le petit homme en noir prend les choses en main. C'est lui, le professeur, sans doute. Il a la voix qu'il faut : profonde et riche comme un gâteau à étages.

— Ô créature à tête de chien ! Apparition, toi qui as le visage d'Anubis ! Relique de l'empire d'autrefois ! Parlenous ! prie-t-il, les bras en l'air, avec des intonations riches et palpitantes.

L'assemblée (ou la congrégation) pousse un gémissement collectif où l'horreur se mêle à l'excitation.

Sally y va d'un roucoulement plaintif.

— *Awouououou !* dit Norbert d'une voix grinçante et insolite. *Awouououou ! Anubis à vous aussi !*

Filtrée par le roucoulement de Sally, la voix semble venir de la nuit des temps.

— Il nous parle à travers les siècles, s'écrie le professeur.

— *C'est bien moi,* dit Norbert. *À travers les siècles, ici, dans votre maison.*

— Mais tu n'es pas Anubis, dit le professeur. Anubis a le corps d'un homme.

— *Qui donc ?*

— Anubis, le dieu des morts !

— *Ah oui, je me rappelle de lui ! Mon oncle m'a raconté toute son histoire. Hem... Non. Anubis ne pouvait pas venir aujourd'hui. Il était trop occupé, alors il m'a envoyé.*

— Alors, qui êtes-vous donc ?

Une longue pause. La société au grand complet est penchée en avant, comme si le rêve de sa vie venait de cogner à la porte pour emprunter une tasse de sucre. Je me garde bien de rire.

— *Vous pouvez m'appeler... Norberto !*

Je me couvre la bouche de la main. Le professeur fronce les sourcils, perplexe.

— Norberto ? dit-il. Norberto ? J'ai consacré ma vie à l'étude de l'Égypte ancienne. J'ai épluché tout ce qu'on a écrit sur le sujet. Et jamais je n'ai entendu parler d'un Norberto.

Il se dirige vers la table, marchant comme si on lui avait jeté un sort.

— *Et puis après ? Norberto n'a jamais entendu parler de vous, lui non plus. Awouououou !*

— C'est fascinant ! déclare le professeur Malchus, qui tend une main tremblante vers le sarcophage. Il y a tant de choses que je veux savoir. Tant de choses que je veux vous demander.

L'assemblée pousse un murmure d'approbation.

— *D'accord, d'accord. Mais auparavant, Norberto – je veux dire Anubis – a un message destiné à une certaine… madame Miller.*

— Gladys ! hurle la femme aux cheveux pourpres. C'est pour toi !

On dirait sa petite sœur qui viendrait de répondre au téléphone.

À l'autre bout de la table, la mère de Frieda, qui est assise dos à la porte, pousse un cri étouffé. Je la reconnais à la ruche sur sa tête.

— Pour moi ? murmure-t-elle.

C'est bien la mère de Frieda, aucun doute là-dessus. Mais elle a perdu l'assurance qu'elle avait il y a une demi-heure.

À mes côtés, Frieda s'immobilise complètement. Elle ne rit plus.

— *Oui, pour vous.*

Avant que Norbert puisse en dire davantage, Sally éternue. Et éternue encore.

— *Vous feriez mieux de nous débarrasser de cette fumée. Ça me rend fou.*

— N'est-ce pas une tradition de brûler de l'encens ? s'étonne le professeur Malchus.

— *Non. C'est insupportable. Vous pouvez arrêter la musique, aussi.*

— Mais il y a des photos. Je les ai vues, sur les parois des tombeaux. Les hiéroglyphes sont très clairs. Voulez-vous dire que ce n'est pas de l'encens qui brûle dans les brasiers que l'on voit sur les gravures antiques ? Mais que ce serait… autre chose ?

— *C'est de la guimauve,* répond sèchement Norbert.

Le professeur Malchus secoue la tête, comme s'il avait mal entendu.

Madame Miller prend le vase en laiton contenant les bâtons d'encens et quitte la pièce précipitamment. Sally bâille. Les gens présents retiennent collectivement leur souffle.

Je me tourne vers Frieda et je lui demande :

— Ta mère s'appelle Gladys ?

Elle fait oui de la tête.

Madame Miller revient sans le vase. L'étrange musique se tait au même moment.

— *Voilà qui est beaucoup mieux,* dit Norbert.

Elle s'incline devant lui. Une femme de près de deux mètres, dramatique dans son accoutrement noir.

— Excusez notre ignorance, Norberto. Nous ne savions pas.

— *Ça va. Ne vous aplatissez pas devant moi, Glinda. Je déteste ça.*

— Désolée, Norberto. En passant, je m'appelle Gladys. Pas Glinda. Gladys Miller. Je m'appelais Gladys Simons jusqu'à ce que j'épouse Phil. Vous connaissez Phil ? C'est un représentant de l'État.

— *Des Phil, j'en connais dix mille,* répond Norbert d'un ton condescendant.

Sally se lève sur ses pattes d'en avant et regarde dans notre direction.

— *Gladys Miller, ce message est pour vous. Est-ce que vous m'écoutez ? Êtes-vous prête à recevoir le messager d'Anubis ?*

— Je le suis, répond Gladys.

C'est alors que la sonnette de la porte d'entrée retentit.

— *Il est simple, le message d'Anubis : chérissez votre enfant.*

— Mon enfant… vous parlez de Frieda ?

Madame Miller n'a plus l'air drama-tique ; elle est seulement perplexe.

— *Je parle de Frieda. Votre fille est votre plus grand titre de gloire. Vous êtes une mère. Vous et Phil avez l'honneur d'être les parents de... Frieda.*

— Êtes-vous en train de me dire que vous connaissez Frieda ? Est-ce qu'Anubis la connaît ?

— *Nous tous, qui sommes de l'autre côté, connaissons Frieda et la tenons en haute estime. Sa renommée s'enroule autour du temps comme un élastique passé autour d'un pot pour retenir le papier ciré.*

— Euh, quoi ?

— *C'est extrait d'une chanson country. Oubliez ça, Glenda.*

— Gladys.

— *Comme vous voudrez. Oh, à propos, auriez-vous objection à retirer ce chapeau ridicule ?*

Madame Miller se fige sur place, les yeux sortis de la tête.

— Frieda est rentrée du Canada aujour-d'hui... Norberto. Je pense qu'elle est...

Madame Miller se tourne sur sa chaise, et nous aperçoit tous les trois.

— Oh, te voilà, dit-elle à Frieda.

Celle-ci ne dit rien.

— *Ôtez votre chapeau ! Faites ce que je vous dis, chère dame !*

J'ai une folle envie de rire mais voilà qu'un éclair projette une vive lueur. Un grondement de tonnerre ébranle la maison. Les lumières vacillent. Et je n'ai plus du tout le cœur à rire.

En deux temps, trois mouvements, la mère de Frieda retire son chapeau. Ses cheveux apparaissent, courts et jaunes.

— *Et maintenant, embrassez votre fille.*

La sonnette se fait entendre à nouveau, avec insistance. Gladys et Frieda se regardent droit dans les yeux.

— *Cessez d'avoir peur de votre fille,* conseille Norbert.

Les yeux de Frieda rétrécissent.

— Peur ? fait-elle. Maman, aurais-tu… peur de moi ?

Sa mère détourne le regard.

Le tonnerre se rapproche dangereusement. À la porte d'entrée, j'entends Béatrice qui proteste :

— Vous ne pouvez pas faire ça !

Le professeur Malchus se rapproche du sarcophage. Il a la main enfouie dans sa poche de veston. Il regarde attentivement.

— Oh, Norberto, commence-t-il à voix basse.

— *Une petite minute, tête de vadrouille !* dit Norbert. *Un peu de privauté, d'accord ? C'est une chambre individuelle que j'ai ici.*

Le professeur marmonne quelque chose d'inaudible.

— *Qu'avez-vous dit là ? Oh, les pyramides ? Bien sûr. Mon oncle Nathan a aidé. Vous auriez dû l'entendre parler de Khéops. Quelle tête enflée !*

— Khéops !

Incapable de contrôler son émoi, le professeur a presque crié le mot. Ses yeux ronds sont démesurément dilatés.

— Vous connaissez cette… cette grandiose… ?

Avant qu'il puisse terminer sa question, un homme et une femme font irruption dans la pièce. Lui, vieux et fatigué dans ses vêtements défraîchis. Elle, vive et dynamique dans sa tenue au goût du jour. Un jeune homme musclé suit derrière, en bleu de la tête aux pieds. Un policier. Il s'arrête dans l'arche des portes vitrées, les bras croisés.

L'œil de la femme, si aiguisé qu'il pourrait peler des fruits, se fixe tour à tour sur le professeur, sur la mère de Frieda, et enfin sur nous, les jeunes. Sous ce regard perçant, je me sens comme une pomme que l'on pèle.

L'homme plus âgé sort un portefeuille et l'ouvre d'un coup sec.

— Désolé d'interrompre votre réunion, messieurs dames, dit-il. Je suis l'agent spécial Libby, du Bureau des douanes, taxes et accises. Et la lieutenante Aylmer, ici présente, est notre agente de liaison au Service de police de la ville de New York. Et voici l'officier Culverhouse.

Personne ne dit mot. L'agent spécial Libby referme son portefeuille, le remet dans sa poche et sourit au professeur.

— Allô, Pas-d'oreille, dit-il.

Chapitre 12

Pas-d'oreille

Le professeur a tout à fait l'expression qui convient : perplexe et désolée.

— À qui vous adressez-vous ainsi, monsieur ? demande-t-il.

Libby sort une feuille de papier et lit :

— Simon Peter Malchus, alias le professeur Malchus, le frère Malchus, le docteur Malchus, et même, à une occasion, le sergent-détective Malchus – tut-tut – qui se faisait passer pour un agent de police. Mais ses intimes le connaissent sous le sobriquet de *Pas-d'oreille,* déclare l'agent en souriant de toutes ses dents, depuis un déplorable incident survenu au temps de sa jeunesse folle – un combat au couteau à l'ombre de la Grande Pyramide.

Frieda et moi échangeons un regard. *C'est Pas-d'oreille qui va être content !* Je tressaille en repensant à la scène avec Avachi, là-bas dans la ruelle.

— Né à Biddeford, dans l'État du Maine. Titulaire d'une maîtrise en Égyptologie de l'Université de New York, éminent collectionneur (et revendeur) d'art et d'objets anciens. Condamné pour contrebande. Hum ! Une feuille de route aussi belle que variée, Pas-d'oreille.

— Désolé, monsieur, mais je ne comprends vraiment pas la raison de votre présence ici. Il est vrai que mon nom est Malchus. Un nom pas très courant – mais pas unique non plus. Vous devez me confondre avec le fameux Pierre Malchus. Une simple erreur d'ordre administratif, je suppose.

L'agent spécial sourit.

— Peut-être bien, dit-il.

C'est alors qu'il fait deux grands pas en direction du professeur, qu'il saisit par les cheveux.

— Vous permettez ? fait-il en levant la main – et une partie de la chevelure du professeur.

Un murmure de stupeur se répand dans la pièce. Nous avons tous le souffle coupé : moi, Frieda et les autres membres de la société Toutankhamon.

Le professeur n'a pas d'oreille externe. Juste un petit rebord de cartilage. Il a le côté de la tête tout plat.

— Je ne crois pas que ceci prouve quoi que ce soit, dit-il en soupirant.

— Non, Pas-d'oreille, ça ne prouve rien, mais je pense que c'est un bon indice, pas vous ? Il s'avère qu'il vous manque la majeure partie d'une oreille, et que vous portez le nom de Malchus. Et il s'avère aussi que vous êtes en train de prononcer une allocution devant la société Toutankhamon, dans une maison cossue de Upper West Side, un quartier huppé de New York. Vous avez même peut-être déjà parlé de votre toute nouvelle acquisition, ce gris-gris porte-bonheur censé représenter le dieu Horus en larmes.

Le professeur renifle avec dédain :

— Libre à vous de désigner cet objet sous le nom de gris-gris porte-bonheur, monsieur. Le terme exact est *ushabti.*

Horus ? Instinctivement, les mains de Frieda se portent à ses boucles d'oreilles.

Certains membres de la société semblent perturbés. Est-ce que le professeur est en sueur ? Je ne puis l'affirmer. Il a l'air calme et raffiné, complètement maître de lui.

La lieutenante à l'œil de lynx prend alors la relève.

— Mesdames et messieurs, commence-t-elle, Malchus, ici présent, connaît vraiment l'Égypte ancienne. Il est même un fanatique des pyramides. Mais c'est un imposteur. Ce n'est pas un vrai professeur. Il s'agit d'un fervent collectionneur, ainsi que d'un contrebandier et d'un criminel, et il y a déjà des mois que nous sommes sur sa piste – et sur celle de cet *ushabti* d'Horus. Très jolie pièce, dit-elle en désignant le sarcophage. Date-t-elle du Moyen Empire, Pas-d'oreille ? De la dix-huitième dynastie, peut-être ?

Le professeur renifle de nouveau et répond avec hauteur :

— Comme tout un chacun ici présent pourrait vous le dire, lieutenante Aylmer, le Moyen Empire s'est terminé longtemps avant la dix-huitième dynastie.

Elle ne semble pas le moins du monde embarrassée – en fait, elle a l'air satisfaite – et c'est là que je me rends compte qu'elle a piégé le professeur : en effet, il a répondu à son surnom de Pas-d'oreille.

L'agent spécial Libby nous raconte comment l'*ushabti* est passé de l'Égypte à New York. Une histoire bien compliquée. À un moment donné – et c'est le bout que j'ai préféré –, le fameux *ushabti* s'est retrouvé dans les rues d'Anvers, entre les mains d'une jeune écolière qui croyait avoir affaire à une boîte de chocolats. Je vous dis que l'agent Libby ne fait rien à moitié : il connaît même le nom de la fillette. En ce moment, il vérifie l'exactitude de ses énoncés :

— Ensuite, il a voyagé sur un bateau entre la Belgique et le Canada, c'est bien ça, Pas-d'oreille ?

Mais le professeur ne dit rien.

— Et finalement, aujourd'hui, il est arrivé à New York par avion. Nous avons un mandat de perquisition pour fouiller la galerie d'art de la 37e Rue. Mon personnel s'y trouve en ce moment même. Ce mandat nous permet de saisir l'objet en question.

Pas-d'oreille lève les yeux. Libby lui sourit.

— Oui, s'il y a quoi que ce soit d'incriminant à la galerie Amphora Jones, nous allons le trouver.

— Excusez-moi ! s'écrie le gros homme qui était tombé dans les pommes (et qui en est revenu). Êtes-vous en train de dire que des galeries d'art, ici à New York, comme Amphora Jones, par exemple, vendent des objets volés ? Que l'*ushabti* du professeur Malchus ne lui appartient pas vraiment et qu'il ne peut donc pas le vendre ?

— Vous avez l'*ushabti*, monsieur ? s'écrie l'agent Libby, vivement intéressé. Vous l'avez vu ? Nous avons tous les maillons de la chaîne, mais il nous faut encore prouver que l'artéfact se trouve bel et bien entre les mains de Malchus.

Le gros homme secoue la tête, ce qui fait ballotter ses bajoues.

— Il s'apprêtait à nous le montrer quand… Norberto l'a interrompu.

Libby reste perplexe.

— J'ai une question, dit la dame en pourpre. Avant l'arrivée de la police, nous avons tous été témoins d'une rencontre pour le moins… étrange. Un messager, envoyé par un dieu, était présent dans cette pièce.

Les agents de la loi échangent des regards incertains.

— Je veux seulement savoir si le professeur Malchus pense que la rencontre était authentique, ajoute-t-elle. Ou si cela faisait également partie de sa magouille.

Je comprends ce que la lieutenante Aylmer veut dire quand elle affirme que Pas-d'oreille est un fanatique. Il a les yeux ronds et sombres, et grands ouverts comme un piège à ours. Impossible d'en détourner mon regard. On dirait qu'ils absorbent la lumière, comme si elle non plus ne pouvait s'en détacher. Les yeux d'un fanatique. Nous sommes pendus à ses lèvres.

— À mon avis, commence-t-il, la rencontre était authentique. C'est une grande chance que nous avons eue. Je n'avais jamais pensé avoir le privilège de converser avec un immortel.

— Pardon ? fait Libby.

— Le messager d'Anubis est dans cette pièce. Il a promis de me renseigner sur la construction des pyramides – et je serais prêt à tout pour acquérir ces connaissances. Oui, à *tout*.

Les membres de la société de Toutankhamon dodelinent de la tête. Pas-d'oreille les a convaincus. Je serais porté à le croire, moi aussi, si je ne savais pas que l'immortel dont il parle est un chien abritant dans son nez un extraterrestre venu de Jupiter.

L'agent Libby, pour sa part, n'en croit pas un mot. Il cligne des yeux.

— Causez toujours, Pas-d'oreille, dit-il. Vous raconterez tout ça au juge. Une rencontre avec le messager d'un dieu. Ce serait sans doute une bonne défense que de plaider des facultés mentales affaiblies.

— Norberto me comprend, déclare Pas-d'oreille. Norberto me conseillera. Ma foi est absolue.

Sur ces entrefaites, un effroyable coup de tonnerre secoue la maison. Les lumières s'éteignent.

— Que personne ne bouge ! ordonne Libby, du milieu des ténèbres.

Je reste immobile mais quelqu'un se déplace. J'entends un bruit de ferraille, un cliquetis, puis une voix grinçante qui s'écrie :

— *Hé, donnes-y la claque ! Vas-y, maintenant ! Attrape-le, Sally !*

Quelques secondes plus tard, les lumières se rallument.

L'officier de police – le dénommé Culverhouse – est encore debout à la porte. Sally s'ébroue sur le plancher.

Pas-d'oreille brille par son absence.

▲ ▼ ▲

Tout se bouscule dans le quart d'heure qui suit : la lieutenante Aylmer part à la poursuite de Pas-d'oreille. L'agent spécial Libby crie tour à tour dans son walkie-talkie et dans son téléphone cellulaire. L'air piteux, l'officier Culverhouse se met en frais de demander à tout un chacun – et même à nous – de décliner son identité et ses coordonnées, notant les réponses dans un carnet.

— Cobourg ? me demande-t-il. Où est-ce donc ?

Je le renseigne. Il me prie de ne pas quitter les lieux.

— L'agent Libby pourrait vouloir te parler.

L'adresse de Bird est plus difficile à préciser. Il entraîne Culverhouse vers une fenêtre et fait un grand geste de la main.

Les yeux fermés, Frieda embrasse la chienne. Je lui demande :

— Qu'est-ce qu'on va leur dire ?

— À propos de quoi ?

— Tu sais bien. À propos de l'enlèvement, d'Avachi, de Maigrichon et de Véronica.

Elle ouvre les yeux, fronce les sourcils.

— Oh, je ne sais pas, répond-elle. Ce n'est pas à ça que je pense. Les paroles de Norbert me trottent dans la tête. Tu crois que ma mère a peur de moi ? Que c'est pour ça qu'elle ne me prête aucune attention ?

— Je n'en sais rien.

▲ ▼ ▲

Les membres de la société Toutankhamon sont finalement autorisés à partir. Ils passent la porte, l'air préoccupé. Personne

212

ne remercie la maman de Frieda de ce charmant après-midi. Il ne reste plus que nous, maintenant, et la loi. Béatrice prépare du café dans la cuisine. Madame Miller tressaille en voyant sa fille jouer avec Sally.

— Tu sais, je n'ai jamais vraiment aimé les chiens, dit-elle.

— D'où sort cette bête ? s'informe l'agent Libby.

— Je ne sais pas. Je… je n'ose pas poser la question.

— Mais elle vous appartient, n'est-ce pas ?

— Je…

Sally court autour du fauteuil de Frieda comme un satellite dont on aurait perdu le contrôle, bondissant de sous la table de marbre en tourbillonnant, puis revenant sur ses pas pour recommencer en sens inverse.

— Cette chienne ne vous appartient pas, madame ?

Sally se dresse alors à la verticale pour poser ses pattes antérieures sur le bras du fauteuil de Frieda. Pendant une seconde, à cause de ses grandes oreilles pointues et de son corps effilé, elle ressemble à une apparition tout droit sortie d'un bouquin sur l'Égypte ancienne. Oui, l'espace d'une seconde, elle ressemble à un humain à tête de chien. Comme… Anubis.

Madame Miller se cache les yeux. Puis elle acquiesce.

— Bien sûr que c'est à nous, confirme Frieda.

Elle saisit Sally par les deux oreilles et lui bouge la tête de haut en bas. La chienne retombe sur ses pattes.

— N'est-ce pas, mon beau trésor ?

Sally pousse un bâillement.

Le walkie-talkie de Libby se met à crépiter. Il le porte aussitôt à son oreille.

— L'avez-vous attrapé ? demande-t-il.

Ça ne semble pas être le cas. L'agent spécial soupire. Ses joues marquées de rides ressemblent à un drap plissé.

Frieda nous entraîne dans sa chambre : une grande pièce avec deux fenêtres. Propre comme un sou neuf. Rien ne traîne, ni papiers, ni disquettes. Aucune trace de vêtements sales. Ni chaise ni fauteuil, pas même devant la table de travail. Bird se dirige vers la fenêtre la plus proche et regarde dehors. Je m'assois sur le lit et je reformule ma question :

— Qu'est-ce que je vais répondre à la police quand ils vont me demander pourquoi je suis ici ? Tout va sortir. Qu'est-ce que je vais dire ? Toi et moi, Frieda, qu'est-ce qu'on va leur raconter ?

— Je n'en sais rien, répond-elle.

Elle ne me regarde pas, elle n'a d'yeux que pour Sally, qui est recroquevillée contre moi sur le lit. Norbert toussote.

— *Vous pourriez dire la vérité, tout simplement,* suggère-t-il.

Bird promène son regard dans la pièce, puis le reporte vers la fenêtre.

— Mais… j'ai promis au type avachi que je ne dirais rien. Une promesse, dis-je.

Norbert y va d'un ricanement méprisant.

— *Je veux seulement savoir si c'est le même garçon qui avait promis à sa mère de ranger sa chambre tous les jours. « Tu promets, Alan ? » avait-elle demandé. Et toi, tu avais répondu : « Oui, maman, c'est promis. »*

Je ne dis rien.

— *Le même gars qui avait promis à une certaine jeune fille, à Cobourg… hum, comment s'appelait-elle, déjà ?*

— Oh, la ferme ! dis-je.

— *Des promesses, des promesses…*

Frieda lève les yeux vers moi. Elle rougit. Et moi aussi.

Sally bâille. On dirait qu'elle me tire la langue.

Je rejoins Bird à la fenêtre. Frieda roule vers le lit pour caresser Sally.

— Tu es à moi, maintenant, dit-elle. Tu entends, Sally ? (La chienne gémit.) On va devoir t'amener chez le vétérinaire. Et te procurer un collier convenable. Celui-ci est trop rude.

Sally saute en bas du lit et gémit de nouveau.

— Oh là là, elle a peut-être besoin d'aller aux toilettes, dit Frieda.

Tous les yeux se posent sur la bête.

— *Non,* dit Norbert. *Elle a faim, et soif.*

— Tu es sûr qu'elle n'a pas besoin d'aller dehors ? dis-je. Mon amie Miranda – c'est elle, la fille à qui Norbert faisait allusion –, eh bien, elle a une chienne, Gracieuse, qui sort tellement souvent que la porte de sa chatière ne se referme jamais. Même que le père de Miranda, un scientifique à ses heures, se demande si c'est théoriquement possible que Gracieuse, en rentrant à l'intérieur, se heurte à elle-même qui serait en train de sortir.

— *Non, elle n'a pas envie d'aller aux toilettes*, assure Norbert. *Elle a déjà réglé ce problème dans cette espèce de baignoire, tantôt. Non, elle a faim, je vous le dis.*

— Qu'est-ce que tu racontes ? s'écrie Frieda. Sally a fait ses besoins dans le sarcophage que ma mère chérit comme un trésor précieux ?

— *Hé, ce n'est pas moi qui ai choisi l'endroit ! C'est elle qui a décidé ça.*

— Norbert ! dis-je.

— *Ne me regarde pas comme ça. Je suis civilisé, moi. J'ai une salle de bains tout équipée, ici dedans.*

Sally se lamente toujours.

— La bouffe est dans la cuisine, dit Bird avec son gros bon sens.

Chapitre 13

Une pièce à conviction

Nous constatons que Sally aime les restes de ragoût. Ainsi que les biscuits au fromage, les doigts de dame et les croûtes de pain. Et le beurre d'arachide. Et le brocoli cru. Elle n'est pas difficile. Je m'apprête à lui offrir une tartinade de viande qui sent un peu drôle, mais là, Frieda s'interpose.

— *Merci,* dit Norbert.

Madame Miller et l'agent spécial Libby sont toujours dans la bibliothèque. Leurs voix nous parviennent par la porte ouverte de la cuisine.

— C'est difficile à croire, dit madame Miller. Le professeur Malchus est un homme si distingué. Et quelle érudition ! Nous avions tous tellement hâte de voir son nouvel *ushabti*. Le professeur a la conviction que cet objet est relié aux pyramides.

— L'avait-il apporté ? Vous l'a-t-il montré ?

— Nous ne nous sommes pas rendus jusque-là, répond-elle. Il nous l'a décrit, cependant. Il s'agit d'une statuette d'Horus en pleurs, une représentation très rare. Horus est le dieu du ciel. Il a une tête de faucon, vous savez ?

— Tête de Faucon, dis-je à haute voix. Tu te rappelles, Frieda ?

Frieda me jette un regard. Le même dont mon ami Victor me bombarde pendant les cours de maths. Un regard qui dit : *Eh oui, bonhomme.*

— *Vous savez, il a laissé quelque chose dans le sarcophage,* dit Norbert. *Il l'y a laissé tomber quand la police est entrée dans la pièce, et il a essayé de le reprendre avant de sortir. Il m'a parlé très gentiment. Je pense qu'il croit vraiment en l'existence de Norberto.*

Je suis curieux.

— Qu'est-il arrivé quand il a essayé de le reprendre ?

— *Sally l'a mordu.*

La chienne gémit.

— *Oui, oui,* dit Norbert. *Mais tu dis ça pour n'importe quoi.*

— Quoi donc ? dis-je.

— *Oh, rien. Elle dit que ça sentait drôle. Ne me pose pas de question. Selon elle, tout sent drôle. C'est une chienne, pour l'amour du ciel.*

L'agent interroge justement madame Miller au sujet de la chienne.

— Parlons du messager, maintenant, dit-il. Il y a un certain nombre de témoignages contradictoires. Vous l'avez vue… hum, enfin, la créature ?

— Oui, monsieur.

— Un chien ? Bon, j'ai moi-même vu une chienne, ici même. Une chienne qui appartient à la famille, j'imagine. C'est à vous, madame ?

— Elle est à ma fille.

— J'ai recueilli plusieurs témoignages selon lesquels le chien s'adressait à *vous,* madame. À vous spécifiquement, je veux dire. L'avez-vous entendu ?

Madame Miller se racle la gorge.

— Oh, oui. Oui, je l'ai entendu distinc-
tement.

— Des jappements ? Des grognements ?
Madame Miller ne répond rien.

Il me vient une idée.

— Le sarcophage, dis-je à Frieda en
chuchotant.

Elle est déjà partie, roulant son fauteuil
vers la bibliothèque. Sally lève les yeux
vers moi. *Eh oui, bonhomme.* Victor, Frieda,
et maintenant Sally – on dirait que tout le
monde me regarde de la même façon.

— Crois-tu que ce truc d'Horus serait
dans le sarcophage ? dis-je à Bird.

— C'est certain ! dit-il. Mais je n'ai aucune envie de le repêcher moi-même.

Nous suivons Frieda et Sally à la bibliothèque.

▲ ▼ ▲

Bien sûr, l'agent spécial Libby n'a pas
eu à se taper lui-même le travail répugnant.
C'est l'officier Culverhouse qui s'en est
acquitté. Et qui continue à fouiller à tâtons
dans le sarcophage en se servant d'une pince.

— Voilà encore autre chose ! annonce-t-il.

Il exhibe un autre petit amas poussiéreux. Épais comme mon pouce et pas beaucoup plus long. Je m'apprête à crier *ouache* encore une fois, mais, en y regardant de plus près, je me rends compte qu'il s'agit d'une statuette – environ trois mille ans plus vieille que le premier tas que l'officier a repêché...

C'est donc ça, un *ushabti*.

— Attention ! dit l'agent spécial.

C'est un réflexe automatique, chez lui. On jurerait un parent qui aperçoit son enfant au bord d'un précipice.

Culverhouse range l'*ushabti* dans un sac de plastique transparent, y colle une étiquette et va se laver les mains.

Libby baisse les yeux vers Frieda, perplexe.

— Sais-tu que tu es une jeune fille pas mal perspicace ? lui dit-il. Comment as-tu deviné qu'il était ici ?

— Norberto le lui a dit, s'écrie madame Miller.

Elle porte la main à sa bouche, comme les jeunes qui ont peur d'avoir mauvaise haleine dans les commerciaux télévisés.

L'agent spécial la prend par la main et la guide vers un fauteuil.

— Là, là, lui dit-il. Vous êtes bouleversée, madame. Reposez-vous donc quelques instants. J'ai bien peur que tout ceci soit un choc pour vous.

Sally se juche sur ses pattes postérieures et se met à flairer le paquet sur la table. Libby le pousse hors de son atteinte.

— Bas les pattes, garçon, dit-il.

— C'est une fille, dit Frieda. Elle s'appelle Sally.

— Je croyais que c'était Norberto, dit-il.

Je ne peux m'empêcher de remarquer que madame Miller couve sa fille des yeux. Lorsque nous sommes entrés dans la maison, tantôt, elle ne lui prêtait pas la moindre attention. Maintenant, même si son visage se détourne, elle la regarde continuellement du coin de l'œil.

— Qu'est-ce que ça sent, donc ? demande Culverhouse en revenant de se laver les mains.

Sally gémit.

— Non, non. J'ai un chien à la maison. Je reconnaîtrais cette senteur-là. Non, là, je flaire comme une odeur de goudron.

— Oh, ça, c'est une odeur de créosote, explique Libby. L'*ushabti* a sans doute été emballé dans du papier étanche pour traverser l'Atlantique. La senteur persiste.

Du papier étanche. Je me surprends à fixer Sally. Sa tête s'incline d'un côté. Je me rappelle la scène dans la ruelle, quand Norbert lui a ordonné : «*Jette-moi ça, Sally. Ça pue.*» Ça me revient… Je me suis penché, j'ai ramassé le papier et je l'ai enfoui dans ma…

— *Poche.*

Est-ce moi ou Norbert qui a parlé? Je mets la main dans ma poche et j'en retire le morceau de papier brun. Il pue encore.

— Où as-tu pris ça? demande Libby.

Je ne sais que répondre. Il me regarde fixement.

— Jeune homme, nous allons avoir une petite conversation, dit-il.

La chienne pose sa tête sur les genoux de Frieda. Madame Miller tressaille.

Chapitre 14

Le garçon, c'est toi

Les choses vont trop vite à mon goût. J'ai l'impression de me retrouver dans un rêve bizarre : je suis debout, immobile, et le reste du monde tourbillonne autour de moi. Je tente de saisir certains objets que je reconnais, mais mes mains n'attrapent que de la fumée, ou du vide, ou alors quelque chose de tout à fait inattendu. En voulant prendre une raquette de tennis, je me retrouve avec une cuiller. J'entends la voix d'un ami mais, quand je me retourne, j'aperçois la gueule béante d'un lion en colère. J'essaie d'agripper la main de mon père et je me rends compte que je serre une pierre.

Qu'est-ce qui m'arrive ? Pourquoi mon père n'est-il pas venu m'accueillir à l'aéroport ? Comment me suis-je retrouvé mêlé à cette histoire impliquant une fille riche, une chienne parlante et un paquet puant ? Sans parler de ces malfaiteurs portant des noms comme Pas-d'oreille, Avachi ou Tête de Faucon – non, Tête de Faucon est un dieu. Qu'est-ce que tout cela signifie ?

Peut-être est-ce bel et bien un rêve bizarre. Mais il donne drôlement l'impression d'être vrai, et il dure depuis le début de la journée.

Quoi qu'il en soit, lorsque l'agent spécial Libby me demande comment je me sens, je lui réponds spontanément :

— Tout mêlé.

Nous sommes dans le boudoir. Des photos de famille sourient sur les murs. Des fleurs se tiennent la tête haute et bien droite dans des vases. À un bout de la pièce se trouve un piano à queue, à l'autre, un divan, sur lequel l'agent et moi prenons place.

— C'est ton premier voyage à New York ? demande-t-il. Oui, hein ? Alors, ça s'explique. Tout est pas mal mêlant dans cette ville.

Il se masse le visage vigoureusement, le pétrissant comme si c'était de la pâte à tarte.

— Moi-même, je suis tout mêlé, et pourtant j'y vis depuis toujours. Pense à ce qui est arrivé cet après-midi, par exemple. Ça fait six mois que je travaille sur le dossier Pas-d'oreille. J'ai infiltré son organisation. J'ai suivi ce fameux *ushabti* à toutes les étapes de son périple, attendant le moment où il aboutirait dans les mains de Pas-d'oreille lui-même. J'avais tout ce qu'il fallait pour l'attraper, et tu as vu ce qui s'est passé.

— Dommage, dis-je.

Il hoche la tête.

— Tu ne connais pas la moitié de l'affaire. Les membres de mon équipe sont en train de fouiller sa galerie d'art en ce moment même. Je dis « sa » galerie, mais rien ne relie cet endroit à Pas-d'oreille. Elle n'est même pas à son nom. J'aimerais le voir derrière les barreaux, mais pour ça, il me faut des preuves.

Bien sûr, il lui faut aussi Pas-d'oreille lui-même, qui brille par son absence, mais ça, je me garde bien de le lui faire remarquer.

— Désolé, dis-je.

— Tu n'y es pour rien, dit-il en haussant les épaules.

Il est bien, ce type. Il me pose une série de questions faciles, d'un ton vraiment amical : mon âge, où je vis, si j'aime le base-ball. Je commence à me détendre, peut-être parce qu'il aime le base-ball, tout comme moi.

— J'ai assisté au match contre les Blue Jays, hier soir, me confie-t-il. J'ai obtenu la signature de Williams pour mon fils, qui a à peu près ton âge.

— Wow !

— Tu aimerais la voir ? Elle est ici, dit-il en enfouissant la main dans la poche intérieure de son veston.

Sally s'amène alors dans la pièce. Je lui fais signe en souriant, mais elle saute sur le divan à côté de l'agent. Celui-ci paraît ennuyé. Je pense qu'il n'aime pas les chiens.

— Viens ici, Norb – je veux dire Sally. Ici, fille.

— *Non,* répond Norbert.

Surpris par l'étrange voix suraiguë, Libby sursaute et retire brusquement sa main de sa poche. Une photographie en sort et me tombe sous les yeux, sur la table à surface vitrée qui est juste là, devant moi. Rien à voir avec le base-ball. C'est une photo d'Avachi et de Maigrichon attablés à un restaurant.

J'écarquille les yeux et je déglutis.

— Je... je..., dis-je.

Ma main se tend vers la photo, comme si elle agissait de son propre chef, sans aucun lien avec mon cerveau.

— Qui sont ces hommes ? dis-je en ayant l'impression que ma voix arrive de très loin, comme si elle appartenait à quelqu'un d'autre.

Libby fixe la chienne, secoue la tête, puis revient à moi.

— Ces bouffons ? Ce sont deux types qu'utilise Pas-d'oreille, ici, à New York. L'un d'eux travaille à l'aéroport La Guardia. Ce sont des cousins, je crois. Ils ont un lien de parenté, en tout cas. Pourquoi ? Est-ce que tu... veux-tu dire que tu les reconnais ? Tu les as vus ?

Je fais oui de la tête.

— Il y a un lien entre eux et le morceau de papier brun que tu avais dans ta poche, pas vrai ?

Je fais encore oui.

— Où et quand les as-tu vus ?

Je ne dis rien.

— Allez, fiston.

Je déglutis.

— Ce matin, dis-je. Je les ai vus tous les deux, ce matin.

Oh non ! Ça y est, c'est dit. J'ai la trouille, mais je ne peux retirer mes paroles. Tout va sortir au grand jour. C'est un peu comme quand on a mal au cœur : on peut s'étendre, prendre de grandes inspirations et s'imaginer qu'on ne va pas dégobiller, mais vient un moment où on sait qu'on n'y échappera pas.

J'ai beau me dire que tout raconter est la bonne chose à faire, et j'ai beau me convaincre que les policiers, ce sont les bons gars, il me suffit de regarder Avachi sur la photo pour que toute mon angoisse remonte à la surface. J'ai peur de ce qu'il va me faire.

Sally me lèche la main et quitte la pièce en trottinant.

▲ ▼ ▲

Il me faut très peu de temps pour raconter toute l'affaire. Quelques minutes. Vers le milieu de mon histoire, cependant, l'agent spécial m'interrompt. Il va à la porte et fait venir Culverhouse. Il me demande alors de recommencer depuis le début tandis que ce dernier prend des notes. Une fois mon récit terminé, tous les deux reviennent encore et encore sur certains détails. Ils ont bien dit que Pas-d'oreille serait content de voir la Tête de Faucon ? Il était quelle heure ? Qu'ont-ils dit au juste ? En suis-je bien certain ?

— Bien certain, dis-je. Et il y a une autre personne impliquée dans l'affaire. Une femme.

Je leur parle de Véronica. L'agent fait des petits signes de tête, mais Véronica ne semble pas l'intéresser autant que les deux autres.

— C'est l'agente de bord, dis-je. Sur l'avion.

— Ouais, ouais, dit-il. Oublie-la donc.

À leur tour, Frieda et Bird sont invités à venir dans le boudoir pour corroborer mon histoire. Ils amènent Sally, que Frieda flatte distraitement. Debout dans le cadre de porte, madame Miller écoute sa fille raconter sa version des faits. Elle la regarde comme si elle voyait une toute nouvelle personne. Lorsque Frieda en arrive à l'épisode où le camion se met en marche, avec nous à bord, Culverhouse émet un gloussement de sympathie et madame Miller se détourne. Frieda gratte Sally derrière les oreilles.

Libby veut réentendre le passage où il est question du paquet à l'intérieur du fauteuil roulant.

— Andrews et Jones connaissaient tous deux la cachette ? demande-t-il.

Andrews, c'est le vrai nom d'Avachi. Jones est le maigrichon qui travaille pour le gouvernement. La galerie Amphora Jones lui appartient – du moins c'est à son nom que sont établis les titres de propriété.

— Ils étaient au courant tous les deux, dis-je pour la troisième fois. Et Véronica l'a développé. Elle voulait l'apporter elle-même à Pas-d'oreille, mais le type avachi – Andrews – a refusé.

Libby dodeline de la tête d'un air entendu.

— Plus tard, Sally a découvert une partie de l'emballage, enchaîne Frieda. N'est-ce pas, mon trésor ?

— Qui sentait la créosote, dis-je.

L'agent spécial se masse le visage encore une fois. Il semble reprendre espoir. Je sympathise avec lui. Je sais à quel point il peut être difficile d'espérer.

▲ ▼ ▲

Voilà qui est bien étrange : je me sens mieux depuis que j'ai parlé aux agents du Bureau des douanes, taxes et accises. Je devrais pourtant me faire du mauvais sang. J'ai rompu une promesse. J'ai révélé des faits que j'avais promis de taire. Qui sait quel mauvais quart d'heure Avachi va me faire passer s'il m'attrape ?

Je devrais peut-être me sentir craintif. Mais non. Pas du tout. Je me sens soulagé. C'est comme si j'avais eu mal au ventre tout ce temps-là, et que je me sentais mieux après avoir vomi.

— Je veux téléphoner à mon père, dis-je.

▲ ▼ ▲

Une demi-heure plus tard, je prends une collation à la cuisine, en attendant que le téléphone sonne. J'espère que mon père va rappeler. Sa secrétaire me l'a assuré. Je lui ai indiqué où j'étais et je lui ai donné le numéro des Miller et elle a promis que mon père allait rappeler. Elle a dit : « Je suis certaine qu'il rappellera », avec la voix que ma mère prend pour insinuer : « Il devrait, mais ça se pourrait bien qu'il ne le fasse pas. »

La secrétaire a paru surprise de me savoir à New York.

— Tu es sûr que tu ne téléphones pas du Canada ? m'a-t-elle demandé.

L'agent spécial Libby attend un appel, lui aussi. Il fait les cent pas dans la cuisine, cellulaire dans une main, biscuit dans l'autre.

Dring ! C'est une sonnerie, mais pas celle que j'attends.

— Oui ? dit Libby.

Il parle la bouche pleine, faisant voler des miettes de biscuit, mais il ne s'en occupe pas.

— Où est-elle ? demande-t-il. Pourquoi n'a-t-elle pas téléphoné ?

Il arrête son va-et-vient pour écouter attentivement.

— Répétez-moi ça, dit-il.

Dehors un éclair illumine le ciel et se reflète dans ses yeux.

— Vous voulez dire à La Guardia ? C'est certain ?

Il sort un bloc-notes de sa poche et y inscrit des chiffres.

— Je l'ai, dit-il. Il y a autre chose ?

Il presse le téléphone contre son oreille. Et voilà l'espoir qui renaît et traverse son visage comme un héros sur un cheval blanc.

— D'accord, dit-il. Allons-y. Libérez-moi toutes les voies. Servez-vous de mon autorité. Je veux que des unités soient postées et prêtes à intervenir dans… (coup d'œil à sa montre) … dans quarante minutes. J'arrive aussi vite que possible, avec le garçon.

Il s'approche de l'endroit où je suis assis et se penche pour que ses yeux soient à la hauteur des miens. Je comprends et lui dis :

— Le garçon, c'est moi, n'est-ce pas ? Le garçon dont vous parliez au téléphone.

— Oui. La voiture de Jones est garée dans le stationnement de l'aéroport. Nous avons besoin de quelqu'un qui l'a vue dans la même ruelle où se trouvait le camion des ravisseurs.

— Moi ?

L'agent spécial lève son index vers Bird.

— Lui, il n'a pas vu la voiture. Toi, si.

— Donc, le garçon, c'est moi ?

— Le garçon, c'est toi.

— Une petite minute ! s'écrie alors Frieda.

Chapitre 15

J'sais pas encore

— Et moi, alors ? proteste Frieda.

Libby range son téléphone cellulaire. Il a l'air presque nu sans cet appareil.

— Quoi donc, mademoiselle Miller ?

Moi, je suis le garçon. Elle, c'est mademoiselle Miller.

— Pourquoi est-ce que je ne peux pas venir avec vous ?

— Est-ce que tu veux y aller, ma chérie ? s'informe sa mère.

Le dernier mot sonne étrangement dans sa bouche, comme si elle n'était pas habituée de le prononcer.

— Si Alan y va, je devrais y aller, moi aussi. Deux témoins valent mieux qu'un. Je suis plus vieille qu'Alan, et j'ai une meilleure mémoire que lui.

« Vas-y donc à ma place », ai-je envie de lui dire, mais je me tais.

— Mais, mademoiselle Miller, vous êtes… eh bien… vous êtes…

— Une fille ?

— Non. Enfin, je veux dire, vous êtes une fille, bien sûr. Mais…

L'agent a du mal à exprimer sa pensée.

— Peut-être ferais-tu mieux de laisser l'agent décider, dit madame Miller.

— Il dit que je ne peux pas les accompagner parce que je suis une fille.

— Non, non, ce n'est pas ça du tout, s'empresse de protester l'agent. C'est… oh, là là…

Frieda fait pivoter son fauteuil pour me faire face et elle m'interroge :

— Alan, quelle sorte de voiture conduit le type maigrichon ?

Je fouille dans ma mémoire.

— Une voiture de taille moyenne, dis-je. Pas trop grande et pas… je ne sais pas comment le dire …

— Petite ? suggère Bird.

— Non non. Pas toute de la même couleur.

— Deux tons, précise Frieda. En effet. Combien de portières ?

J'ouvre la bouche.

— Euh… des portières ?

Elle sourit gentiment. Elle ne veut pas me faire passer pour un idiot.

— Oui, des portières, tu sais, ces trucs munis de pentures et de poignées que les gens utilisent pour entrer dans les voitures et en sortir.

Ouais, au fond, que je passe pour un idiot, elle s'en fout peut-être pas mal…

— Je ne sais pas, dis-je. Je n'en ai vu qu'une seule.

J'entends un petit rictus méprisant. Je sais que c'est Norbert et Frieda aussi. Elle couvre le museau de la chienne avec sa main.

— Chut, dit-elle tout bas.

L'agent spécial pose son regard sur moi. Un regard que je reconnais. Je sais qu'il est déçu. Mon prof de maths a toujours cet air-là.

— Désolé, dis-je.

— C'est une Buick Regal de modèle récent, décrit Frieda avec assurance. Toit amovible, deux tons de bleu : carrosserie pâle et toit foncé.

— Je ne savais pas que tu t'intéressais aux voitures, ma chérie, dit sa mère.

— Quatre portières, enchaîne Frieda. Et un de ces pompons pathétiques fixé à l'antenne.

Libby a toujours les yeux rivés sur moi.

— Je me rappelle le pompon, dis-je.

▲ ▼ ▲

Voilà comment Frieda a réussi à nous accompagner à l'aéroport. Et sa maman aussi, un peu hésitante, mais déterminée à rester avec sa fille. À force d'insistance, Frieda est même parvenue à convaincre l'agent spécial d'emmener Sally.

— Vous verrez, cette chienne a des talents que vous ne soupçonnez pas, affirme-t-elle.

— C'est vrai, approuve madame Miller.

— C'est vrai, dis-je à mon tour.

— *Cela est vrai,* confirme Norbert.

Nous sommes dans le hall d'entrée des Miller. Libby fronce les sourcils, secoue la tête, ouvre la porte.

Une chose me chicote.

— Et mon père, alors ? Il doit téléphoner ici. (« À condition qu'il n'oublie pas », me dis-je, mais je garde cette pensée pour moi.) Je ne voudrais pas rater son appel. Je n'ai pas pu le joindre de toute la journée.

— Béatrice lui dira où tu es.

Debout à côté de moi, celle-ci tient la porte ouverte. Elle me tapote le bras.

— Il devait venir me chercher à l'aéroport, ce matin.

— Mais l'avion était en avance, rétorque Béatrice. Ne t'en fais pas, *bambino*. Je vais attendre son appel pour toi. Un garçon devrait être avec son *padre.*

Nous nous entassons dans la voiture banalisée du Bureau des douanes, taxes et accises. Je suis en avant, entre l'agent spécial Libby et l'officier Culverhouse. Frieda et sa mère occupent la banquette arrière, avec Sally. L'orage est passé et une buée vaporeuse monte de la chaussée. À part Sally et moi, tout le monde porte des lunettes de soleil. Celles de Frieda ressemblent à celles qu'elle avait tantôt. Celles de madame Miller ont une monture jaune pâle, assortie à son manteau.

Bird est assis à l'arrière, lui aussi. En traversant Central Park, l'agent spécial lui demande où il a l'intention d'aller.

— À l'aéroport, répond-il.

— Pourquoi donc ?

— J'sais pas encore, dit Bird.

— Où est ta voiturette ? demande Frieda.

— J'y ai pris tout ce qu'il me fallait, dit-il.

Fouillant dans une ample poche, il en sort une laisse en cuir tressé.

— Tiens, dit-il à Frieda. Pour toi et ta chienne parlante. Bon *vœudi* !

— Oh, Bird. Je ne peux pas l'accepter.

— T'as pas le choix. C'est la loi.

— Eh bien alors, merci, dit Frieda en la soupesant. Merci beaucoup.

— Pas d'quoi !

— Mais comment peux-tu savoir que tu as tout ce qu'il te faut ?

— Je l'sais, c'est tout.

La voiture est équipée d'un téléphone mains libres. Une voix de femme à l'autre bout demande où nous en sommes et dans combien de temps nous arriverons à La Guardia. La voix de la lieutenante Aylmer.

— Dans dix minutes, répond Libby.

Nous avons dépassé East River et nous roulons dans Queens. Culverhouse conduit vite, faisant clignoter ses phares pour que les voitures nous cèdent la voie.

— Je vous attends à l'entrée ouest, précise la lieutenante Aylmer. Du côté est, une vaste section est interdite au public parce qu'on y tourne un film.

— Ce sont les panneaux qu'on a vus ce matin, dis-je à Frieda. Tu te rappelles ?

— Bien sûr que je me rappelle, dit-elle. On a même croisé une équipe de techniciens qui installaient des rails pour les caméras.

— Vraiment ?

Prise d'une envie soudaine, madame Miller étend le bras devant sa fille et demande la permission de caresser Sally derrière les oreilles.

— Je ne savais pas que tu aimais les chiens, dit Frieda.

▲ ▼ ▲

Nous voilà pris dans un embouteillage. Libby pousse un juron et retire de sous son siège une lumière bleue qu'il plante sur le toit de la voiture. La sirène se met à hurler, mais ça ne se passe pas du tout comme à la télé. C'est beaucoup plus assourdissant.

Poussant un jappement affolé, Sally bondit en catastrophe sur les genoux de Frieda et de Bird. Debout sur ses quatre pattes, et toute frémissante, elle occupe la majeure partie de la banquette arrière.

La voiture braque à gauche et traverse la double ligne jaune. Bleuet clignotant sur le toit, moteur vrombissant, nous chargeons à fond de train en sens contraire de la circulation. Les automobiles qui viennent vers nous doivent réagir vite.

— *À terre !* ordonne Norbert.

C'est plus fort que moi, je penche la tête. Et Culverhouse fait de même.

— *Pas toi, Dingwall. Sally, à terre, fille !*

— Qui parle ? demande Libby. C'est toi, Frieda.

— *Assis !* commande Norbert.

Je suis assis, et, l'instant d'après, Sally aussi.

Nous entrons bientôt en trombe à La Guardia. On se gare tout près de l'aérogare, derrière la rangée de taxis. Avant même que nous soyons descendus de la voiture, la lieutenante Aylmer accourt vers nous. Elle passe la tête dans la fenêtre.

— Vous avez fait ça vite, monsieur. Nous avons établi un poste de commande à l'intérieur.

— Il y a du personnel?

— L'aérogare fourmille de policiers et d'agents du Bureau des douanes, taxes et accises. Nous sommes comme des puces sur le dos d'un chien…

— *Hé, dites donc!* grince une voix sur la banquette arrière.

— Chut! fait Frieda.

Libby demande des nouvelles de Pas-d'oreille. La lieutenante Aylmer secoue la tête de gauche à droite.

Nous descendons de la voiture. Madame Miller aide Frieda à s'installer dans son fauteuil, en se penchant pour placer correctement les jambes de sa fille. Sally lui lèche la main. Elle pousse un petit cri, mais reprend le contrôle d'elle-même.

— J'essaie, assure-t-elle. J'essaie. Je n'ai pas peur.

Aylmer recule pour laisser descendre Libby.

— Vous aviez parlé du garçon, monsieur. Pourquoi avez-vous amené tout le monde ?

— Des témoins supplémentaires, répond Libby, laconique. La fille a une bonne mémoire. Celle du garçon est une passoire.

Il a beau prononcer la dernière phrase à voix basse, je l'entends quand même. Ah, et puis bof !

— Si je comprends bien, la voiture est dans le stationnement P-3, dit Aylmer.

— N'est-ce pas là qu'elle se trouvait, ce matin ? dis-je.

— Non, elle était en face de la rangée de taxis du secteur ouest, rectifie Frieda. Sous le porte-à-faux.

— Ouais, c'est ça, dis-je.

— Vous comprenez, maintenant ? chuchote Libby.

Aylmer opine du bonnet.

— Sauf que la fille est...

Elle ne termine pas sa phrase.

— Oui, dit-il. Je sais.

▲ ▼ ▲

Un stationnement souterrain n'est toujours rien qu'un grand entrepôt grisâtre et crasseux, bas de plafond et rempli d'automobiles, bien que les relents de gaz d'échappement des avions rendent celui-ci un peu plus excitant qu'un autre. Le P-3 se trouve au troisième sous-sol. Une fois là-bas, la voiture est facile à repérer.

— La voici, dis-je, content d'avoir damé le pion à Frieda.

— Non, jette-t-elle. Elle est trop petite.

— Mais elle a un pompon sur son antenne.

— Celle-ci aussi, dit-elle, l'index indiquant une minifourgonnette rouge. Et celle-là.

Elle désigne une voiture sport aux vitres teintées, couvertes de dessins de bouledogues et de bikinis. La plaque d'immatriculation affiche BANDIT. Mais pourquoi a-t-il besoin d'un pompon, celui-là ? Il me semble que sa voiture est facile à reconnaître.

Frieda arpente les allées. Sa maman marche près d'elle. Aylmer suit à distance. C'est elle qui est responsable de nous en ce moment. Libby et Culverhouse sont occupés à l'intérieur de l'aéroport.

— La voici, affirme soudain Frieda, catégorique.

Deux tons de bleu, comme elle l'a décrite tantôt. Stationnée n'importe comment entre une Jeep aux parements de bois et une luxueuse berline noire. Cette dernière a dû rouler sur quelque chose de particulièrement odorant, parce que Sally se met à fouiner autour.

— Ce pourrait être la bonne, dis-je. Mais elle n'a pas de pompon.

Aylmer ne m'écoute même pas. Son œil de lynx scintille.

— Bravo! dit-elle à Frieda. Tu viens de faire le lien entre la voiture et la scène de l'enlèvement. Un autre chef d'accusation au dossier de Jones. Nous avons une équipe médicolégale sur place, prête à intervenir.

Elle sort un téléphone et donne des ordres. Puis je lui demande :

— Vous voulez dire que vous le saviez, depuis le début ?

— Cette voiture était le filon que nous poursuivions, explique Aylmer. Vous, les jeunes, vous en êtes la confirmation.

Elle compose un numéro sur son cellulaire et s'éloigne de quelques pas pour parler.

Ma montre indique 16 h 30. Une image me vient en tête : mon père qui regarde sa montre en téléphonant. Un tic qu'il a. L'image est si précise que je peux compter les plis dans son costume d'été, et sentir sa lotion après rasage.

— Qu'est-ce qui ne va pas, Alan ? demande Frieda.

Elle roule vers moi et pose la main sur mon bras.

— Rien, dis-je.

— J'ai cru pendant un instant que tu allais fondre en larmes.

— Moi ?

Quand j'étais petit, j'aimais bien me raser avec mon père, tôt le matin. Il m'assoyait sur le comptoir de la salle de bains et me couvrait les joues de mousse. Puis il me donnait un rasoir sans lame et on se rasait, après quoi il nous aspergeait de lotion. Je me sentais aussi grand qu'on peut se sentir quand on est encore trop petit pour aller à l'école.

Chapitre 16

Ce n'est la place de personne, ici

— Mais voulez-vous bien me dire ce que vous faites là, vous deux ? demande Aylmer.

Elle fusille des yeux une femme corpulente qui sue à grosses gouttes et un homme sec et maigre. Tous deux portent une combinaison spéciale, un masque et des gants de plastique. L'équipe médicolégale.

— On obéit aux ordres, répond la femme corpulente, dont le nom – MARIA – est cousu sur sa combinaison. Comme toujours.

— Comme toujours, confirme l'homme maigre, dont je ne parviens pas à lire le nom.

Il fait écho à sa partenaire en hochant la tête comme une marionnette.

— Qui vous a dit de travailler sur *cette* voiture ? demande Aylmer, exaspérée.

La luxueuse berline noire est couverte de poudre blanche et de ruban cache.

— Ce n'est pas la bonne, ajoute Aylmer en poussant un juron.

— Vous nous avez dit de commencer à travailler sur la voiture noire, n'est-ce pas ? dit Maria. Ça sonnait comme votre voix.

— Comme votre voix, répète l'homme.

— Alors, Wolfgang et moi, on a sorti nos petits sacs et notre poudre magique, et on s'est mis au boulot.

— Au boulot, fait l'homme.

Sa voix fluette va très bien avec son physique. Il ne ressemble ni n'agit comme un « Wolfgang ». Ses parents sont-ils déçus ? Nommer un bébé Wolfgang, c'est placer la barre très haut.

— Lâchez-moi la voiture noire, crie Aylmer. C'est ce tacot bleu qui nous intéresse. Je vous l'ai dit il y a une heure.

— D'accord, consent Maria en épongeant la sueur qui coule de son front avec un mouchoir. Si vous le dites. Celle-là ou une autre. Allez par-ci, allez par-là. C'est vous, la patronne.

— La patronne, répète Wolfgang.

— Y a pourtant de bien belles empreintes digitales sur la voiture noire, dit la femme. Quelques chefs-d'œuvre sur la poignée, côté conducteur. Un pouce complet et un index. On les a relevés à la perfection. Hein, Wolfgang ? T'as les portraits, pas vrai ?

— Ouais, j'les ai.

— Les empreintes digitales sont toujours faciles à relever avec ce truc. Chose curieuse, on ne remarque pas la senteur tant qu'on n'est pas juste à côté. Ça sent fort, pourtant, la créosote.

— La créosote, dit Wolfgang.

— Holà ! s'écrie Aylmer. On arrête tout !

▲ ▼ ▲

Les chiens policiers sont entraînés à flairer les produits de contrebande et à ne tenir compte de rien d'autre. Les trois policiers de la brigade canine secouent la tête devant l'ampleur de la tâche qu'on leur assigne. Leurs chiens ne suivront pas une piste de créosote.

— Qu'est-ce que je suis censé faire, alors ? demande l'agent Libby, qui est de retour de sa visite au poste de commande.

Il a les sourcils froncés et le front tout plissé. Sa voix se répercute comme un écho dans le stationnement souterrain.

— Il me faut un chien capable de suivre une piste. Va-t-il falloir que je fasse venir un chien de chasse ?

Ses yeux tombent alors sur Sally.

Dix minutes et plusieurs appels téléphoniques plus tard, nous quittons la zone P-3 sous escorte policière. Étrennant sa nouvelle laisse, Sally ouvre la marche, nous entraînant avec assurance dans l'ascenseur, puis trois étages plus haut, au niveau des arrivées.

— Je vous avais bien dit que cette chienne avait des talents que vous ne soupçonniez pas, dit Frieda avec fierté.

C'est elle qui tient la laisse. Sally n'accepte de suivre de piste pour personne d'autre.

Une voix dans un haut-parleur annonce quelque chose. C'est en anglais, mais c'est tout ce que je sais. Je n'ai aucune idée de ce qu'elle raconte. Bird lève les yeux, secoue la tête et poursuit son chemin.

Pas-d'oreille, si c'est bien lui que nous pistons — et pas un quidam qui aurait de la créosote sur les mains après avoir imperméabilisé la clôture de sa cour arrière — croit à la forme physique. Il dédaigne complètement les trottoirs roulants.

Notre escorte est dispersée autour de nous. Libby et Aylmer se promènent tout près dans une voiture de golf, le genre dont on se sert pour remorquer les chariots à bagages. À tour de rôle, Bird et moi poussons Frieda, qui ne peut rouler par elle-même tout en tenant la laisse. Madame Miller a bien essayé, au début, de nous emboîter le pas, mais elle est maintenant assise à l'arrière de la voiture de golf où elle masse ses côtes endolories. L'agent Libby parle au téléphone.

On aperçoit des écriteaux avec des flèches. INTERDIT AU PUBLIC — FIGURANTS POUR LE TOURNAGE, PAR ICI. Un policier est en faction, un gros bonhomme qui a des bretzels plein la panse. Il en mange, justement. Il a la bouche ouverte. Ouache ! Il nous fait signe d'entrer sans rien nous demander. Peut-être croit-il que nous faisons partie du tournage.

Nous nous approchons d'une rangée de roulottes. Sally tire sur la laisse, fouinant avec ardeur. Sur la porte de la première roulotte, un bout de papier indique GARDE-ROBE.

La porte s'ouvre brusquement et un nuage de fumée s'en échappe, suivi d'une femme qui a une cigarette au bec et un sac de vêtements à la main.

Elle s'arrête en nous voyant.

— Police ? s'informe-t-elle. Si c'est à propos de l'uniforme qui a disparu, je ne suis au courant de rien. Ils étaient tous ici, ce matin. Non mais, cet idiot de régisseur fait-il faire ses commissions par la police, maintenant ?

La cigarette saute au coin de sa bouche quand elle parle. Le reste de son corps demeure immobile.

— Auriez-vous remarqué quelqu'un qui n'avait pas d'affaire ici ? lui demande Libby.

La femme rit, sans pour autant avoir l'air de rigoler. De la cendre tombe sur son chandail.

— Ce tournage a dix jours de retard sur le calendrier initial, et les frais dépassent de vingt millions le budget prévu, jette-t-elle. Alors, personne n'a d'affaire ici.

La voix du haut-parleur se fait entendre de nouveau. Je n'ai pas compris un traître mot de toutes les annonces précédentes, mais celle-là est claire comme de l'eau de roche. « Le passager nommé Bird est prié de se présenter à la billetterie. Le passager nommé Bird. »

C'est Bird, justement, qui pousse le fauteuil en ce moment. Il secoue la tête d'un air entendu. Pas surpris du tout. Comme s'il avait attendu que l'on appelle son nom.

— Faut que j'y aille, dit-il. Salut, Frieda. Salut, chienne parlante. Salut, Alan.

Il me passe les poignées du fauteuil. Puis il enlève ses lunettes de soleil, les replie et les accroche au col de mon *tee-shirt* de soccer, où elles se balancent en camouflant partiellement l'image du beigne.

Est-ce que ça me rend *moins inintéressant* ? Disons qu'en ce moment, je me sens surtout bien empêtré.

Je me retourne pour remercier Bird, mais, au même moment arrive une horde de comédiens qui puent la cigarette et la poudre à canon ; ils jacassent à tue-tête, joyeux malgré leurs costumes sanglants marqués de trous de balles. Ils s'amassent devant la roulotte garde-robe. La femme à la cigarette veut passer, mais ils ne lui prêtent aucune attention. Un type arborant une barbe cotonneuse tente de hisser des lampes sur une estrade. Il demande le passage, à son tour, mais personne ne l'entend.

Sally ne s'est pas laissé déconcentrer. La voilà qui relève la tête et bifurque dans une nouvelle direction. Je jette un cri à l'escorte policière par-dessus mon épaule. Frieda maintient la laisse solidement. Je pousse son fauteuil. Après un moment, le bruit de la foule s'estompe. La chienne poursuit sa quête avec aplomb – à gauche par-ci, tout droit par-là –, puis elle tourne à droite. Nous traversons des portes vitrées qui se referment et se verrouillent derrière nous. Nous voilà de retour dans la zone publique de l'aéroport, là où les trottoirs bougent et où les gens courent. Sally nous entraîne encore. Je tourne la tête, mais je ne vois plus l'escorte policière.

Chapitre 17

Un éléphant
dans ma chambre

Langue pendante, Sally s'élance, tirant de toutes ses forces sur sa laisse, à laquelle Frieda se cramponne avec acharnement. Je dois pratiquement courir pour garder le tempo. La scène est digne d'un récit d'aventure de Jack London ou de Farley Mowat. Sauf que notre traîneau à chiens ne traverse pas un blizzard aveuglant par une longue nuit qui dure six mois, mais un aéroport bondé pendant un agréable après-midi de juillet. Et notre traîneau est un fauteuil roulant. Or moi, contrairement aux bourlingueurs de l'Arctique, je ne fais pas confiance à la chienne. J'ai peur que Sally ne nous entraîne dans de graves ennuis. Tomber sur

Pas-d'oreille sans notre escorte policière, c'est bien la dernière chose que je nous souhaite.

— Arrête, Sally ! dis-je.

J'essaie de ralentir le fauteuil en m'appuyant sur les poignées, mais je ne fais pas le poids devant notre vaillante chienne de traîneau. Celui-ci m'échappe des mains. Je trébuche, me redresse et le rattrape en courant.

— Hé, Frieda, tu ne pourrais pas la convaincre de ralentir ?

— Où est ma mère ? demande-t-elle en criant, elle aussi. Est-elle toujours là ?

— Tu pourrais simplement lâcher la laisse.

Mais elle ne m'entend pas.

— Je ne lâcherai pas.

Fameux.

Sally nous entraîne à un rythme plus rapide que je voudrais, mais pas si vite que ça, en réalité, compte tenu qu'elle tire un fauteuil et une adolescente – deux adolescents quand je réussis à m'agripper – à travers une foule en pleine aérogare. Mais nous gagnons du terrain. Parfois des gens nous interpellent :

— Hé, les jeunes, faites attention où vous allez !

On annonce l'arrivée d'un avion en provenance de Maui… ou Malawi… ou peut-être la voix appelle-t-elle un certain Howie. Je ne suis pas certain. Personne ne semble s'en préoccuper, de toute façon.

Norbert n'a pas dit grand-chose depuis que nous sommes à l'aéroport. Je l'appelle :

— Hé, Norbert ! Au secours ! Qu'est-ce qu'elle fait, Sally ?

— *Elle suit son nez. Le nez est un puissant stimulant pour les chiens et les humains. Tu te rappelles la pizza cinq fromages de l'an dernier ?*

Sally a beau être toute pantelante, elle est encore pleine d'énergie. Nous obliquons vers un corridor, loin de la cohue.

— *Oh, là là, la senteur se fait plus forte. Des plans pour que je sois obligé d'ouvrir un autre sachet de sent-bon à odeur de cacao. Je déteste ces trucs. Même pas fichus de sentir le vrai cacao.*

— Allez, Norbert, ne peux-tu rien faire pour nous aider ? demande Frieda.

— *Trop tard. Et maintenant, bonne chance, vous deux !*

— Mais…

Sally nous entraîne encore plus loin dans l'étroit corridor. Elle s'arrête devant une porte bleu foncé portant l'écriteau

EMPLOYÉS SEULEMENT. Les lieux me paraissent familiers.

— Attends une minute, proteste Frieda.

Mais Sally, gémissante et frétillante, gratte déjà la boiserie. La porte s'ouvre de l'intérieur.

— C'est bien vous, Pas-d'oreille ?

Je reconnais la voix, tout droit sortie d'un cauchemar, mais, avant même que les mots soient prononcés, je sais que nous sommes en plein bourbier. La senteur d'eau de Cologne d'Avachi voyage plus vite que le son.

Avachi tire Sally à l'intérieur en agrippant son collier. Frieda suit, à l'autre bout de la laisse tandis que je marche dans son sillage. Nous voilà tous réunis, dans une petite pièce bleue avec une table au milieu. La pièce où on fouille les valises, juste à côté de l'aire de récupération des bagages. Pas surprenant qu'elle me paraisse familière.

Avachi n'est pas seul dans la pièce. Maigrichon et Véronica s'y trouvent également, vêtus de leurs uniformes respectifs. Si l'agent spécial Libby était là, je lui dirais : « Vous voyez, c'est elle dont je vous ai parlé. »

Véronica a l'air vraiment inquiète quand elle nous aperçoit.

— Vous deux ! dit-elle. Et tout seuls ! Mais qu'est-ce que vous faites ici ?

Je ne sais comment réagir. Je montre Sally du doigt.

— C'est de sa faute, dis-je.

Sally a la tête penchée d'un côté. Le chien de mon ami Victor fait la même chose quand il rapporte un écureuil mort à la maison. Sally est fière de sa performance.

— Stupide animal, dit Avachi. M'a mordu, ce matin. L'animal le plus stupide que j'ai jamais vu !

— *Tu ne t'es jamais regardé dans un miroir,* dit Norbert.

Avachi fronce les sourcils.

— Qui c'est qui a dit ça ? demande-t-il, fixant son regard d'abord sur la chienne, puis sur Frieda. C'est toi, fillette ?

Frieda fait non de la tête.

La peur me tord les tripes. C'est exactement ce que je ne voulais pas voir arriver.

— C'est la voix du chien, dit Maigrichon avec son intonation rocailleuse. Oui, le chien qui est là.

— La ferme ! le rembarre Avachi. Tu dis n'importe quoi.

Savez-vous, je commence à percevoir leur air de famille. Tous deux ont les yeux rapprochés et les cils courts. J'en arrive à croire qu'ils sont cousins.

— Pas-d'oreille m'a parlé d'un chien parlant avant que tu arrives, dit Maigrichon. Un chien à voix suraiguë – exactement comme celle qu'on vient d'entendre.

— Eh bien, Pas-d'oreille est cinglé, dit Avachi. Lui et ses pyramides ! Il ne parle jamais de rien d'autre ! Ces stupides buttes lui tiennent plus à cœur que n'importe quoi au monde.

Quand Maigrichon avale, sa grosse pomme d'Adam ballotte dans son cou trop frêle.

— Bon, revenons à vous, les enfants, dit Avachi.

Est-ce que je pleure ? Non, mais je suis au bord des larmes. Je ne veux pas penser à ça. Pleurer ne va pas améliorer les choses.

Avachi se penche entre Frieda et moi. Il pose une main sur le fauteuil roulant et met son autre bras autour de mes épaules. Il nous interroge d'un ton doucereux. Dieu que c'est épeurant !

— Nous devons savoir comment vous êtes arrivés ici. Avez-vous parlé ? Êtes-vous allés bavasser à la police ?

Je ne bouge pas. J'ai trop peur.

— Allez, répondez ! Avez-vous dit quelque chose ? Avez-vous parlé à quelqu'un ? De quoi avez-vous parlé ?

Frieda se met à bafouiller :

— Toutt… toutt… toutt…

— Qu'est-ce que tu dis ? demande Avachi.

Il a la voix lisse et tiède comme une couverture en soie. Pourquoi est-ce que je grelotte, alors ?

— Allons, sérieusement, dis-moi seulement de quoi tu as parlé.

— Toutt… toutt… toutt…

— Qu'est-ce qu'elle essaie de dire ? demande-t-il en se tournant vers moi.

Je fouille dans ma tête pour trouver de l'inspiration. C'est comme chercher dans le frigo le mercredi, la veille du jour où ma mère fait le marché. Je ne trouve rien de bon.

— Toutankhamon, finit par dire Frieda.

— Toutankhamon ? crache Avachi, comme s'il s'agissait d'un juron.

C'est alors qu'il en débite toute une litanie – dont quelques-uns que je n'ai jamais entendus. Puis il se redresse.

— Voilà la preuve ! dit-il. Ils savent tout. Pas-d'oreille assistait à une rencontre de la société Toutankhamon, cet après-midi, pas vrai, Jones ?

— C'est là qu'il a vu le chien parlant, confirme Maigrichon.

— Ces petits morveux doivent être au courant de l'existence de ce zinzin-truc-machin, là. L'*ushabti*. Pas vrai ? demande Avachi à Frieda. Tu sais tout, n'est-ce pas, espèce de chipie d'infirme !

Il est fort. D'une seule de ses mains poilues et couvertes de taches de son, il la soulève hors de son fauteuil en la tenant par le col de son chemisier. Elle balance un bras vers lui (peut-être essaie-t-elle de le gifler, comme ce matin), mais il la plaque au mur. Son jean se relève, révélant des chevilles bulbeuses et déformées. Ses pieds sont tordus vers l'intérieur.

Je suis atterré. Pas de voir les pieds de Frieda, mais que ceci soit en train de lui arriver.

Véronica sourcille, mais n'intervient pas. Elle enfouit la main dans la poche extérieure de sa veste bleue d'agente de bord, et la laisse là.

Avachi maintient toujours Frieda dans les airs.

— Tu es au courant pour la statue d'Horus, n'est-ce pas ? Tu sais qu'elle a été transportée au Canada depuis l'Europe et qu'on l'a ensuite passée en contrebande aux douanes américaines, cachée dans ton fauteuil roulant ? Tu sais le rôle que joue mon cousin, ici présent, ce docile employé du gouvernement ?

— Docile ? relève Maigrichon. Qui c'est qui est docile, hein ? C'est moi qui ai imaginé la combine. Et Pas-d'oreille a mis la galerie d'art à *mon* nom.

— Ouais, mais il m'a embauché en premier.

Ils sont en train de tout nous raconter. Je ne veux rien savoir, mais ils nous déballent leur histoire.

— Et tu connais l'existence d'Amphora Jones, et des autres endroits du genre au Caire et à Anvers. Tu sais que le père de Pas-d'oreille s'est rendu au Mexique, pas vrai ? Pas vrai ?

Son visage est à quelques centimètres de celui de Frieda.

Ce n'est pas de ça que j'avais peur. Je craignais qu'ils me fassent mal, à moi. Pas à Frieda. Mais savez-vous, ce cauchemar-ci est encore pire que ce que je redoutais. J'essaie de détourner mon regard, mais je ne peux pas.

Frieda ne dit rien. Elle a les bras et les mains qui tremblent.

C'en est trop pour moi. Frieda n'est plus la fille riche et emmerdante que j'ai rencontrée dans l'avion. C'est devenue une amie – au moins une amie. Et, puis enfin quoi, merde, elle est handicapée ! Plusieurs aspects de sa vie présentent des difficultés que la plupart des gens ne connaissent pas. Ma peur s'envole, chassée par une autre émotion, plus forte encore : la colère.

— Hé, dis-je. Lâchez-la.

Sans desserrer son étreinte, Avachi se détourne pour me fusiller des yeux.

— Toi, me dit-il, tu ne perds rien pour attendre !

Même cette menace ne m'effraie pas. La colère qui m'habite est comme un éléphant dans une chambre minuscule. Elle ne laisse de place pour aucun autre sentiment.

— Ce n'est pas elle qui a parlé, dis-je, c'est moi. (Ma voix se brise. Je déteste quand ça arrive.) D'ailleurs, les gens du Bureau des douanes, taxes et accises s'en viennent. Ils seront ici bientôt. Maintenant, lâchez-la, espèce de brute.

Je ne peux pas le convaincre de la lâcher, mais Sally en est capable. La voilà qui bondit et lui mord le fond de culotte. Poussant un hurlement, il laisse tomber Frieda, qui s'affale comme une poche, ses jambes déglinguées devant elle. Sally et moi accourons en même temps. Je m'agenouille, Sally lui lèche le visage.

Avachi est debout au-dessus de nous, grognant comme un ours. Il lève la main – et se fige sur place.

Un fusil presse sur son oreille. Un gros pistolet noir. Ceux qu'on voit à la télé n'ont pas l'air aussi gros. Véronica doit le tenir à deux mains.

— Police, dit-elle. Éloigne-toi des enfants, maintenant, ou je te fais sauter la cervelle.

Chapitre 18

Je lui aurais tiré dessus, ma chouette

Le mot surprise ne suffit pas. Adam a-t-il été surpris en apercevant Ève ? C'est qui, ça ? s'est-il écrié. Et où elle est, ma côte ?

— Vous êtes de la police ? dis-je à Véronica, complètement estomaqué.

— Je n'en reviens pas, dit Maigrichon en secouant la tête.

Le fusil dans l'oreille, Avachi y croit, lui. Il s'éloigne de nous, à reculons. Véronica le pousse en direction de son cousin.

— Maintenant, par terre, vous deux, ordonne-t-elle. Face au sol.

— Tu ne peux pas faire ça, dit Maigrichon. Je travaille ici. Je suis un employé du gouvernement.

— Par terre !

Elle ne crie pas, mais son ton commande l'obéissance. Un ton d'agente de bord. Donnez-moi votre plateau. Attachez votre ceinture – et tout de suite ! Et, surtout, elle a un fusil. Les deux hommes s'étendent sur le plancher.

— Ne bougez pas d'un muscle, dit-elle avec un sourire sans joie.

Avachi grogne de plus belle.

— Tu ne t'en tireras pas comme ça, dit Maigrichon. Je suis un citoyen respectable, moi. Tu ne pourras rien prouver.

— Comment ça, rien prouver ? Ne venez-vous pas de tout avouer à ces deux enfants ? Même moi, je ne savais pas que le père de Pas-d'oreille était allé au Mexique.

Maigrichon se tait. Je ne peux m'empêcher de penser à Pas-d'oreille et à son père. Le vieil homme est-il fier de son fils ? S'intéresse-t-il aux pyramides, lui aussi ? A-t-il ses deux oreilles, lui ?

Enfouissant une main dans son sac, Véronica en sort une paire de menottes. Les deux hommes étant étendus bout à bout, elle a tôt fait de relier la main d'Avachi au pied de Maigrichon. Ils ne peuvent plus bouger ni l'un ni l'autre.

J'aide Frieda à réintégrer son fauteuil. Elle ne me remercie pas. Elle garde les yeux rivés sur Avachi.

— Dites-moi, les enfants, vous êtes avec le Bureau des douanes, taxes et accises, n'est-ce pas ? demande Véronica. Où est l'agent spécial Libby ?

Elle nous parle, mais son regard ne quitte pas les deux bandits à ses pieds.

— *Il s'en vient,* répond Norbert.

— Tant mieux, dit-elle, pensant sans doute que c'est Frieda qui a répondu.

— *Je lui ai téléphoné pour lui dire où nous étions,* précise Norbert.

— Quoi ?

Véronica nous glisse un coup d'œil furtif. Avachi en profite pour bouger sa main libre. Mais Frieda, aux aguets comme un chat devant un trou de souris, roule son fauteuil dessus et Avachi pousse un cri de douleur.

— Ouille ! Ouille ! Tasse-toi !

Ça doit faire mal d'avoir la main écrasée sous le poids d'une fille de quatorze ans et de son fauteuil. Frieda la broie bien comme il faut, en faisant pivoter la grosse roue noire par petits coups. Puis elle recule et libère sa victime. Son visage demeure impassible.

— Ouille ! Pourquoi tu as fait ça ?

— Elle vous avait dit de ne pas bouger, explique Frieda. Et vous avez bougé.

— Je pense que tu m'as cassé un os.

— Tant mieux.

Je ne peux m'empêcher de rigoler. L'hystérie, je suppose. Ou le soulagement. C'est à ce moment-là que Pas-d'oreille fait irruption dans la pièce. Il ouvre la porte d'un coup sec et projette Véronica contre moi. Le fusil vole hors de sa main et tombe sur le sol.

Je cesse de rigoler.

L'homme recherché par la Police de New York et le Bureau des douanes est attifé d'un uniforme de pilote, mais son déguisement n'est pas très convaincant. Il a l'air trop stressé. Il souffle bruyamment, comme après une course effrénée. Des taches de sueur maculent son col. Son veston est mal ajusté. Mais c'est bien Pas-d'oreille, aucun doute là-dessus.

Ses yeux s'écarquillent quand il comprend ce qui est en train de se passer. Sa main se tend vers le fusil.

Le temps s'étire comme de la pâte à modeler tiède, de sorte que chaque seconde paraît une éternité. Il y a un rugissement dans mes oreilles. Je distingue tout avec une grande clarté : la transpiration sur le visage de Pas-d'oreille, l'ébahissement de Véronica, et le fusil qui gît au milieu de la pièce, tournoyant comme une toupie, de plus en plus lentement, comme l'aiguille d'un plateau de jeu qui détermine à qui le tour de jouer. Le fusil pointe vers moi, puis pivote successivement vers Véronica, Frieda, Maigrichon et Avachi. Il ralentit et ralentit encore, pour s'immobiliser en pointant vers Pas-d'oreille.

Au tour de Pas-d'oreille de jouer.

Il allonge la main. Véronica se dirige vers l'arme, elle aussi, mais il est plus près. Il va y arriver avant elle. J'entrevois clairement ce qui va se passer, mais je ne peux rien faire pour l'empêcher parce que je suis complètement paralysé.

Ils sont tous là à crier, mais je ne comprends rien à leur cacophonie. Les mots ne font que s'ajouter au rugissement dans mes oreilles.

Pas-d'oreille ramasse le fusil et reste là, l'arme pointée vers le bas. Il se fige dans cette position. Un museau froid et humide se presse contre lui, contre sa main qui tient le fusil, sa main qui sent la créosote.

Et voilà qu'une voix se fait entendre, suraiguë, puissante, intemporelle. Je n'ai pas tout à fait retrouvé l'ouïe, mais j'arrive à déchiffrer les mots.

— *Comme on se retrouve, professeur Malchus.*

La main qui tient le fusil est prise d'un violent tremblement.

— Norberto ? demande Pas-d'oreille. Serait-ce vous ?

— *Non. New York est rempli de chiens qui parlent. Bien sûr que c'est moi.*

Norbert semble si naturel et fidèle à lui-même que je retrouve mes moyens. Le temps recommence à s'écouler normalement. À mes côtés, Véronica sourcille. Maigrichon lorgne vers Sally d'un air horrifié.

— Pourquoi êtes-vous ici ? demande Pas-d'oreille.

— *Eh bien, Sally est ici à cause du truc qui sent si fort sur votre main. Mais moi – Norberto –, je suis venu avec une intention beaucoup plus sérieuse.*

— Est-ce que… avez-vous quelque chose à me dire ? demande Pas-d'oreille.

— *Oui, professeur. Le temps est venu. Je vais tenir promesse.*

— Voulez-vous dire…

— *Je suis disposé à vous révéler la vérité sur les pyramides.*

— Vraiment ?

Pas-d'oreille vibre de ferveur et d'excitation, comme s'il avait fait un vœu à la vue d'une étoile filante et que ce vœu se réalisait enfin.

— C'est bien vrai, vous allez me révéler ces secrets ?

— *Oui, à condition que vous déposiez d'abord le fusil.*

— Il faut que je m'en aille. Mon avion est sur le point de décoller.

Véronica me regarde d'un air éberlué.

— *C'est toi qui parles, garçon ?* demande-t-elle en chuchotant.

— *Les côtés triangulaires des grandes pyramides sont parfaitement alignés sur les quatre points cardinaux. Ils s'inclinent vers le haut selon un angle de 50 degrés et se rencontrent au sommet. Ça, vous le savez déjà. Mais est-ce que* vous savez pourquoi l'entrée d'une pyramide est toujours percée dans le mur nord ?

— Pourquoi donc ? demande Pas-d'oreille.

— *Déposez le fusil et je vais vous le dire. Norberto ne vous veut aucun mal. Et, même si je peux me tromper, je ne crois pas que Sally veuille vous mordre. La raison de cette orientation boréale est très simple : la Casserole de Chocolat est visible dans la partie nord du firmament égyptien. Du moins était-ce le cas, à l'époque. Ça a bougé, depuis le temps.*

— La Casserole de Chocolat ? s'étonne Pas-d'oreille.

— *Vous ne savez pas ? La Casserole est la constellation la plus importante du ciel de Jupiter.*

— Jupiter ?

— *Arrivez en ville, professeur ! La grande pyramide de Khéops est une masse de blocs de pierre calcaire mesurant 146 mètres de haut, dont la base couvre une surface de plus de 5 hectares. Croyez-vous vraiment que vous, les Terriens, auriez été capables de construire un tel monument avec vos marteaux et vos ciseaux ? La puissance provenait de Jupiter.*

— Une race extraterrestre ? fait Pas-d'oreille, médusé.

Avachi essaie tant bien que mal de se remettre sur pied. Il n'y arrive pas parce que Maigrichon demeure immobile, les mains sur les oreilles.

— Patron ! dit Avachi. Hé, patron !

— Du calme, Andrews ! le rabroue Pas-d'oreille.

— Mais, patron !

— Le génie d'origine extraterrestre est une théorie, bien sûr. Von Himmelhurst...

— *Une théorie ? Mon oncle y était. C'est lui qui, au départ, a convaincu les pharaons de construire des pyramides. Les premiers pharaons étaient... disons... enfin... ils voulaient creuser de grands trous dans la terre pour y enfouir tous leurs biens terrestres. Le croiriez-vous ? Les Grands Trous d'Égypte ! Il n'y aurait certainement pas eu matière à figurer parmi les sept merveilles du monde ! Je vous le dis, professeur, ces gars-là ne savaient même pas ce qu'était une pyramide. Mon oncle Nathan a été obligé de leur expliquer.*

Norbert parle avec une assurance persuasive. À l'écouter, on jurerait que c'est vraiment arrivé comme ça. Pas-d'oreille semble convaincu, en tout cas.

— Des dieux égyptiens venus de Jupiter, s'écrie-t-il. Mais c'est renversant ! Tout simplement renversant ! Il faut que je note tout ça. Vous permettez, Norberto ?

Il fourre le fusil dans la poche de son veston bleu et sort un bloc-notes.

— *Oui, bien sûr. J'en ai encore long à vous apprendre sur la civilisation égyptienne. Le peuple n'a pas toujours vénéré les scarabées, vous savez. Non, monsieur. Ce culte n'a commencé que lorsque l'astronef de mon oncle Nathan s'est écrasé dans le chapeau du pharaon. Pauvre oncle Nathan ! On l'a pris pour une vulgaire bestiole. Et il se trouvait à des millions de kilomètres de la station-service la plus proche…*

Totalement concentré sur Sally, Pas-d'oreille remarque à peine l'entrée de l'agent spécial Libby et de l'escorte policière.

— Continuez, dit-il.

— Vous avez le droit de garder le silence…, commence Libby.

— Pas vous, coupe Pas-d'oreille. Norberto, poursuivez ce que vous disiez à propos des scarabées.

— … et le droit de consulter un avocat. Si vous n'en avez pas les moyens, on vous en assignera un…

▲ ▼ ▲

— Pourquoi ces menottes ? proteste Maigrichon. Ne voyez-vous pas que je suis un employé du gouvernement ? Vous n'avez que des preuves obtenues par ouï-dire. C'est votre parole contre la nôtre.

Véronica sort alors de sa poche de veston un petit magnétophone qu'elle dépose dans un sac où elle accumule des preuves. Maigrichon devient livide et refuse d'ouvrir la bouche tant qu'il n'aura pas parlé à un avocat. Lui et Avachi sont emmenés sous garde policière. Sous la manche déchirée d'Avachi, je remarque un tatouage : un cœur traversée d'un poignard, et dans le cœur, un prénom, *BETTY*. Ouache !

L'agent spécial Libby me serre la main et flatte la tête de Sally. Il donne aussi une poignée de main à Frieda.

— Fameux, ce que tu as fait, lui dit-il.

— Même si je suis… une fille ? demande-t-elle.

— Tu es toute une fille !

Nous apprenons alors que Véronica est une sergente-détective qui travaille à l'Escouade des fraudes de la ville de New York.

— Désolé d'avoir pris autant de temps pour arriver, lui dit Libby. Ce tournage nous a retardés. Merci d'avoir téléphoné pour nous indiquer votre position exacte. J'ignorais que vous aviez mon numéro de cellulaire.

— Mais je ne l'ai pas. Quand je veux vous joindre, je passe par le service central.

Un silence s'ensuit. Ils échangent un regard perplexe.

— Eh bien, quoi qu'il en soit…, dit l'agent Libby.

Je cherche Bird des yeux, mais il n'est pas là.

Frieda roule son fauteuil vers la sergente-détective Véronica.

— Ainsi, vous travailliez pour la police depuis le début, lui demande-t-elle. Même dans l'avion ?

— Oui, ma chouette. Ça fait un bout de temps que le Bureau des douanes, taxes et accises essaie d'infiltrer le réseau de contrebande de Pas-d'oreille. Étant donné que j'avais déjà travaillé comme agente de bord avant d'entrer dans la police, je me suis portée volontaire pour cette affectation.

— Pourquoi vous êtes-vous éclipsée, ce matin ? dis-je.

— J'avais peur d'être reconnue. Un collègue de mon poste de police était en devoir dans l'aéroport – un bon gars, mais ce n'est pas lui qui a inventé les boutons à quatre trous, si vous voyez ce que je veux dire. En fait, j'ai parfois l'impression que sa chienne Lucky est plus futée que lui.

— Et dans la ruelle, alors ? demande Frieda. Vous êtes partie en auto. Vous nous avez abandonnés.

— À la première occasion, j'ai téléphoné pour signaler votre position. La police doit encore être en train de quadriller le quartier, à moins que quelqu'un ne leur ait dit d'arrêter.

— Ah. Merci.

— Je t'en prie.

Frieda respire à fond et demande encore :

— Et tout à l'heure, ici. Quand… il me tenait soulevée contre le mur…?

Elle tressaille encore juste à y penser.

— Je voulais qu'Andrews continue à parler. Chaque mot qu'il disait constituait une preuve de plus. Je ne l'aurais pas laissé te faire mal.

— Sauf qu'il m'a fait mal, pour vrai. À me tenir en l'air comme ça. J'ai encore les épaules endolories. Et j'étais morte de peur.

Madame Miller s'approche alors et lui met la main sur l'épaule.

La sergente Véronica paraît mal à l'aise.

— J'ai agi au meilleur de mon jugement, dit-elle. Vous vous êtes trouvés tous les deux dans une situation périlleuse.

Là-dessus, elle a tout à fait raison.

— Et s'il avait vraiment eu l'intention de me faire mal ? demande Frieda.

— Je lui aurais tiré dessus, ma chouette !

Madame Miller pousse un cri horrifié.

Véronica se détourne pour recevoir d'autres félicitations.

Est-ce que Frieda est satisfaite ? Je ne sais pas. Moi, je me sens mal.

La chienne gratte contre la porte.

Chapitre 19

Que je déteste cette façon d'afficher l'heure !

Le Bureau des douanes, taxes et accises donne une conférence de presse à l'entrée de l'aéroport. Spots, caméras et reporters, tout y est. L'agent spécial Libby répond à la plupart des questions, mais il y a suffisamment de journalistes et de gens de la télé pour que chacun ait sa minute de gloire. Même moi, bien que toutes les questions que l'on m'adresse concernent Frieda.

— La fille du représentant Miller est-elle une source d'inspiration pour toi ? me demande un reporter.

— J'sais pas. Davantage une amie qu'une source d'inspiration.

Je replace mes lunettes de soleil. Je les porte pour atténuer l'éblouissement des projecteurs.

— Quelle importance accordes-tu au fait qu'elle soit handicapée ?

— J'sais pas. Ça n'a pas beaucoup d'importance à mes yeux. Ça en a sans doute davantage pour elle.

— Comment te vois-tu par rapport à Frieda ?

— Ça dépend. Parfois, je me trouve à ses côtés pour bavarder avec elle, dis-je. Et d'autres fois pour pousser son fauteuil.

— Et voilà, mesdames et messieurs, c'était Alan Dingman, conclut le reporter.

— Dingwall, dis-je.

Les portes coulissantes s'ouvrent pour laisser entrer un homme élancé, au visage buriné comme celui d'un cow-boy. Son veston est jeté négligemment sur son épaule. Une décharge électrique traverse le corps de Frieda lorsqu'elle l'aperçoit et son visage s'illumine. Lâchant la laisse de Sally, elle roule vers lui en criant :

— Papa ! Papa !

Son père est venu à l'aéroport, mais pas le mien. Pendant un moment, je suis incapable de la regarder.

▲ ▼ ▲

— Hé, salut ! dit-il.

C'est moi qui tiens la laisse. Je peux regarder, maintenant. À genoux près du fauteuil de Frieda, son père sourit. Il a une voix grave et agréable à entendre, des dents bien blanches. Il fait pivoter le fauteuil pour qu'ils puissent tous les deux sourire à la caméra.

— Dis-moi donc ce qui s'est passé au juste ? Je ne pensais pas que tu étais déjà arrivée.

— Mon avion arrivait ce matin, dit-elle.

— Et pourquoi cette conférence de presse ? Qu'est-ce que tu as à voir avec le Bureau des douanes, taxes et accises ? J'en ai entendu parler au bureau et je me suis précipité. Ma petite fille est une héroïne !

— Oh, papa !

Son profil robuste évoque des vagues déchaînées déferlant sur une côte rocheuse. Les reporters s'attroupent autour de lui.

Il sourit à tout un chacun. Lorsqu'il remarque la présence de sa femme, son sourire fait place à la surprise un bref instant, mais revient aussitôt, plus grand et plus blanc que jamais.

— Gladys ! C'est épatant ! Tout simplement épatant ! Allez, viens près de nous, chérie.

Madame Miller s'approche de son mari et de sa fille, et tous trois prennent la pose pour les caméras.

▲ ▼ ▲

— *Et alors, as-tu apprécié ta journée dans la grande ville ? Est-ce que ç'a été assez* sid *pour toi ?*

J'hésite. Je suis sur le point de répondre que ç'a été horrible du début à la fin, sauf que ce n'est pas vrai. En rétrospective, je constate que j'en ai savouré des bouts, que je me suis amusé par moments et que certains épisodes ont été divertissants. L'image de Norberto s'élevant hors du sarcophage restera à jamais gravée dans ma mémoire.

— Ç'a été une véritable aventure, dis-je. Jusqu'ici en tout cas.

Le problème, c'est que la journée n'est pas encore terminée.

— Mais qu'est-ce qui va se passer, maintenant ?

— *Eh bien, j'avais pensé me préparer une casserole de chocolat chaud et téléphoner à Nérissa. Nous avons pas mal de nouvelles à partager.*

— Mais qu'est-ce qui va m'arriver, à moi ? Tu vas aller habiter chez Frieda, et je resterai tout seul.

— *Je pensais que c'était ce que tu voulais, être autonome.*

— Oui, mais pas tout seul.

— *Tu ne l'es pas. Tu n'es jamais tout seul.*

▲ ▼ ▲

— Voici la chienne dont je t'ai parlé. Et le garçon.

Le père de Frieda pousse le fauteuil jusqu'à nous. Gladys suit derrière, attentive aux besoins de sa fille.

— Allô, dis-je.

— Allô, jeune homme.

Monsieur Miller me donne une solide poignée de main et me fait un sourire cordial.

Puis son regard et son sourire se déplacent vers Sally.

— Belle bête, dit-il.

— C'est vrai qu'on peut la garder ? Tu ne disais pas ça à la blague ?

Frieda n'ose pas y croire, comme si son père avait déjà fait des promesses et ne les avait pas tenues, sous prétexte qu'il ne les aurait faites que pour plaisanter.

— Bien sûr, dit-il.

— Oh, comme ce n'est pas inintéressant ! Merci, papa !

— C'est mon gérant de campagne qui va être content ! Lui qui me talonne pour que je me procure un chien. Savais-tu que soixante-quatre pour cent des électeurs inscrits de l'État de New York aiment les chiens ?

Le représentant de l'État ne nous regarde pas en parlant. Il lorgne alentour et bouge constamment le fauteuil pour demeurer dans l'œil de la caméra.

— Je suis contente que tu sois venu, papa, dit Frieda.

— Merci, ma chouette. Qu'est-ce que je ne ferais pas pour toi ? Hé, mais dis donc, c'est Cam Christie, du *Post,* que je vois là. Il faut que j'aille la saluer. J'emmène la chienne, d'accord ? Elle s'appelle comment, déjà ?

— Sally, dit Frieda, avec un soupir.

— Parfait, dit monsieur Miller en rectifiant son nœud de cravate. Viens, Sally.

▲ ▼ ▲

Une demi-heure plus tard, soit à 17 h 55 selon les moniteurs de l'aéroport (5 h 55 à ma montre), je suis debout à la porte du Bureau des objets perdus et trouvés, cramponné à mon sac de soccer des Commodores.

La conférence de presse a pris fin depuis peu. Les policiers et les reporters sont repartis. De même que le père de Frieda, qui s'est rappelé qu'il avait des affaires importantes à régler au bureau. Après avoir embrassé sa femme et sa fille, il a sauté dans une limousine. Frieda est-elle déçue ? Apparemment non. Peut-être a-t-elle l'habitude. Sa maman a posé sa main sur son épaule. Voilà peut-être une chose à laquelle elle n'est pas habituée. Mais je crois qu'elle s'y fera facilement.

La valise de Frieda n'est pas au Bureau des objets perdus et trouvés.

— Peut-être que quelqu'un te l'aura rapportée, dis-je. Il aura remarqué ton adresse sur l'étiquette et posté ta valise chez toi.

Frieda éclate de rire. La préposée au Bureau des objets perdus et trouvés s'esclaffe. Même madame Miller esquisse un sourire quand elle entend les propos du cornichon qui n'est pas de la ville.

Pour ma part, je n'ai guère envie de rigoler. Ça fait trois fois que je téléphone chez Frieda avec le cellulaire de madame Miller. Papa n'a pas encore donné signe de vie.

Mon sac de soccer est exactement pareil à ce qu'il était ce matin. (Ou à ce qu'il était il y a quelques fins de semaine, lorsque je l'ai pris pour aller au chalet de Victor au lac Rice.) Je ne peux m'empêcher de me demander si moi, je suis différent. Je me sens différent.

— Je suis désolée que ton père te fasse attendre, dit madame Miller. Il doit certainement y avoir une explication tout à fait logique à son retard.

— Ouais, dis-je.

— Bon, eh bien, je suppose que nous ferions mieux de retourner à la maison pour souper.

— Alan rentre avec nous, n'est-ce pas ? dit Frieda. On ne peut quand même pas le laisser ici. Tu peux venir souper avec nous, pas vrai, Alan ?

— Bien sûr, dis-je.

Je me demande bien quel autre choix je pourrais avoir.

▲ ▼ ▲

Sur le trottoir roulant menant à la sortie, Frieda et sa maman ont une conversation intime. J'en capte des bribes sans faire exprès.

— Tu te souviens de ce que la thérapeute avait dit ? demande madame Miller en mettant la main sur l'épaule de sa fille. Ce serait normal que tu me blâmes. C'est sans doute pour cette raison que j'ai peur de toi.

— Mais pourquoi je te blâmerais ?

— Parce que je t'ai laissé tomber. Parce que je t'ai faite… comme tu es.

— Tu es ma mère. Tu m'as mise au monde.

Un homme de taille moyenne s'engage sur le trottoir qui roule en sens inverse au moment où nous descendons du nôtre. Il entre dans l'aéroport à l'instant où nous en sortons. Peu de choses en lui attirent l'attention, sauf sa tignasse rousse qui grisonne un peu aux tempes.

— Papa !

Je laisse échapper mon sac et je manque de tomber. Mes genoux flageolent tout à coup. Papa descend de son trottoir roulant et vient vers moi.

— Hé, champion ! me dit-il. Bien content de te voir ! Belles lunettes de soleil que tu as là ! Ça fait longtemps que tu attends ?

Il a l'air tellement normal, c'en est incroyable. Ni fatigué ni tendu. Ni ravi. Son complet est boutonné. Ses cheveux bien coiffés. Ses chaussures de cuir reluisent. Il me fait penser à mon sac de soccer – rien n'a changé en lui depuis la dernière fois que je l'ai vu. Il est content de me voir et voilà tout. Est-ce qu'il a couru à travers la ville, frénétique et rongé d'inquiétude ? Non. A-t-il les jambes molles maintenant qu'on s'est enfin retrouvés ? Ça m'étonnerait.

— Si je comprends bien, ton avion est arrivé en avance ? dit-il.

Je ne réponds pas. Je suis incapable de parler. Je veux dire quelque chose qui ne soit pas inintéressant, mais je n'y parviens tout simplement pas.

Il me tend la main. Je la serre parce que… qu'est-ce que je peux faire d'autre ?

— Où… oh, papa, où étais-tu donc ?

Pas inintéressant, mon œil !

— Que veux-tu dire ? Sur l'horaire, ton atterrissage n'est prévu que dans un peu moins d'une heure. Je ne voulais pas le manquer, alors j'ai écourté ma dernière réunion et je me suis dépêché d'arriver. Tout un exploit, hein ! Moi, en avance de quarante-cinq minutes à un rendez-vous ! Ta mère n'en reviendra pas.

Il sourit toujours. Il ne comprend pas. Il n'a pas la moindre idée de ce qui s'est passé. Madame Miller intervient alors :

— Alan a fait le voyage jusqu'à New York avec ma fille.

— C'est super. Je suis content de faire votre connaissance, madame…

— Miller. Gladys Miller. Mon mari est… enfin, voici ma fille, Frieda.

— Enchanté de faire votre connaissance à toutes les deux, dit papa en leur serrant la main.

Son sourire n'est ni forcé ni tendu.

— Et alors, comment se fait-il que l'avion ait eu autant d'avance ? Il y avait un vent arrière ou quoi ? Mon horaire me donne 18 h 45 comme heure d'arrivée. Ce qui fait… euh, sept heures moins quart ? Que je déteste cette façon d'afficher l'heure !

Il brandit vers moi un papier à l'allure officielle. Je le lui arrache presque des mains, et je lis bel et bien 18 h 45 comme heure d'arrivée.

— C'est une erreur, dis-je. On aurait dû écrire 8 h 45.

Papa hoche la tête.

— Non, champion, ça ne se peut pas ! Ne me dis pas que tu es ici depuis 8 h 45 ce matin ?

Il nous jette un œil incrédule, à Frieda et à moi.

— Oh, champion ! Quelle galère ! Je suis tellement désolé. Poireauter dans un aéroport pendant dix heures. Que tu as dû t'ennuyer, toute la journée !

Un silence s'ensuit. Je me surprends à faire à mon père un petit sourire indéfinissable.

— Non, dis-je finalement. Je ne me suis pas trop ennuyé…

Moi et Bruce Willis. Sauf que je ne joue pas dans un film. Ceci, c'est ma vie.

Postface

Deux mois plus tard

Eh oui, on a effectivement passé la semaine à l'hôtel, mon père et moi, et on s'est fait livrer des repas à la chambre, et ça n'a pas été inintéressant. On a assisté à un match de base-ball la veille de mon retour à Cobourg, et je suis allé aux toilettes tout seul pendant la quatrième manche, en prenant bien mon temps. Lorsque je suis revenu à mon siège, papa avait l'air un peu inquiet. J'ai souri.

Il m'a raccompagné à l'aéroport et il m'a permis de m'acheter un souvenir. Le choix a été facile : il est noir et lisse, il tient dans ma paume, et il a quatre fonctions, dont la composition abrégée.

J'ai survécu au vol de retour. Maman m'attendait à l'aéroport de Toronto, et m'a fait écrire une carte à mon père pour le remercier de ces vacances excitantes. Il ne m'a pas encore répondu.

C'est la rentrée scolaire la semaine prochaine. Je monte en huitième année. Suis-je prêt ? Mon nouvel enseignant, monsieur Reynolds, est un vieil homme qui porte des cardigans à fermeture éclair et qui crie tout le temps. J'avais peur de lui, auparavant. Maintenant, je ne sais pas. Il a les cheveux gris – c'est leur couleur naturelle. Et il ne porte pas d'eau de Cologne.

Je parle assez souvent à Frieda. Le fait d'avoir mon propre téléphone cellulaire facilite les choses. Il semble que madame Miller a abandonné la société Toutankhamon, et que Sally a transformé le sarcophage en sa niche personnelle. Frieda me parle tout le temps de Sally, mais jamais de Norbert. Est-il toujours là ? Je lui téléphonerais si je connaissais son numéro.

Frieda doit subir une autre opération à Toronto durant la période des fêtes. Nous allons peut-être nous revoir. La semaine dernière, elle m'a envoyé un article tiré de la revue *Découverte*. On y présente l'auteur, le Dr Malchus, comme un égyptologue émérite en attente de son procès. L'article s'intitule : *La vérité au sujet des grandes pyramides.* Je ne l'ai pas encore lu.

J'ai reçu une carte postale de Bird, aujourd'hui. Il fait un séjour merveilleux et se sent tout à fait chez lui là où il est. Où ça, exactement ? Eh bien, je n'en sais rien. Il n'y a ni timbre ni cachet postal sur la carte. L'image au recto représente un petit bébé dormant sur le ventre de sa mère.

Fiches d'exploitation pédagogique

Vous pouvez vous les procurer sur notre site Internet
à la section jeunesse / matériel pédagogique.

www.quebec-amerique.com

Transcontinental
IMPRESSION
IMPRIMERIE GAGNÉ

IMPRIMÉ AU CANADA